魔幻侦探系列 **1**

画中消失

林詠琛 ⊙ 著

深圳出版社

目录

Chapter 0　楔子

天空晕染着一片透明的蓝。

柔柔的阳光洒落路边咖啡座。

孔澄用双手圈着雾气袅袅上升的咖啡杯，悠闲地看着街上宁静的风景。

下午四点稍过，住宅街里自成一派的饮食和精品店街，游人寥寥可数。

拉紧颈项上的粉蓝围巾，孔澄把嘴巴凑近掌心呼口热气，孩子气地摩擦着掌心。

虽说是气温只有七摄氏度的寒冷天气，但阳光那么耀眼，窝在室内未免太可惜了。

孔澄再一次抬眼望向对街的古董店。

店里的橱窗镶嵌着淡茶色玻璃，橱窗另一边有点散乱地堆放着林林总总的古董精品。

西洋搪瓷娃娃，垂着流苏的银珠片晚装手袋，厚重的拨盘式电话，大型留声机……

无须凑近细看，孔澄也能如数家珍般在脑海里排列出每件精品的陈列式样。

黄昏时分，古董店关门以后，孔澄已数不清多少次在橱窗玻璃前驻足细看。

在橱窗玻璃最右端，陈列着一盏小巧精致的伞形水晶座台灯。

孔澄叹口气，举起咖啡杯啜饮着。

那残残旧旧的价钱吊牌上，写着二千三百元吧？孔澄泄气地想。

不过是一盏床头灯嘛。说不定是骗人的玩意儿，只是玻璃珠砌成的便宜货色也不一定。

自己才不要当呆瓜被骗。

不过，孔澄还是情不自禁地在脑海里想象着那盏华丽小灯摆放在自己床边小几上的模样。

一定很漂亮。

孔澄仿佛看见水晶灯在幽暗的房间里闪烁着晶莹的光芒，水晶珠的形态漂亮地投射到墙壁上。

孔澄又大大地叹口气。

刚刚才搬出来独居，单是付公寓的押金和两个月租金，加上地产经纪人的佣金，就已经叫苦连天。

家里不过勉强添置了最基本的家具和电器，怎可以再刷信用卡买那么昂贵的小玩意儿呢？

都怪自己已经二十六岁了，还在报馆当个小小的饮食版记者，未来的前途实在一片黯淡。

事实是，大学毕业后完全没有特别想做的工作，暑期工不知怎么慢慢变成了正职，磨磨蹭蹭地干了五年。

反正自己生性散漫又馋嘴，对事业更是毫无野心，实在想不出有其他更合适的工作了。

孔澄习惯性地皱皱鼻尖。稍微晒晒太阳，鼻尖上的雀斑一定又全跑出来了。

孔澄把咖啡一口气喝光，掏出钱包，把纸币和零钱放在小圆桌上。

不要在这里偷懒了。

原本只是下楼来，到杂货店买清洁剂回家擦浴缸的，不知怎么又来了咖啡店闲逛。

孔澄下定决心站起来。

快点回家继续收拾乱成一团的房子吧。孔澄一边在心里跟自己说，一边挽起背包，偏过脸庞，不让自己望向古董店那边，踏着大步往回家的路笔直走去。

（进去看看吧。）

每看见漂亮衣服或小东西，心里那只小恶魔的声音就会响起来。

孔澄停下脚步，转过脸庞，像作贼心虚似的瞄向古董店橱窗。

（只看一眼又不用花钱的。）

小恶魔的声音又说。

孔澄鼓起腮帮，回过身，一步一步走近古董店。

不知不觉间，脸已贴在橱窗上，眼光贪婪地在水晶灯上游走。

贴在玻璃上变成扁扁的鼻孔像小狗般喷着雾气。

叮铃的清脆声音响起。

古董店的门从里面被拉开。

一个身形高大，也说不上俊或不俊，微笑起来五官有点皱成一团的男人探出头来。

"随便进来看呀。"

理着短平头，穿黑色套头毛衣与牛仔裤的男人，把门拉开得大大地等待着孔澄。

"喔。"孔澄像突然被逮着了的偷窥贼般不知所措。

"喜欢那盏灯吧？"男人露出亲切的笑容，"眼光很好哦。"

孔澄拉拉围巾，搔搔乱蓬蓬的短发，硬着头皮走进店里。

男人放开拉着淡茶色玻璃门的手。

玻璃门随着冬日寒风稍稍再摇荡了数次，接连地发出叮铃叮铃的声音。

很久以后，孔澄会想，如果那天不曾踏进那间店里，自己或许能一直过着平静无浪的日子吧？

还是那间古董店，早就待在那里，一直默默地等待与她的命运交错？

从古董店外的淡茶色玻璃看进去，男人与孔澄的身影，显得暧昧不清。

冬日阳光照在古董店悬挂着的墨绿色拱形帐篷上。

一阵寒风吹过，帐篷上印着 Awakening 的白色店名，随着帐篷鼓动，如波浪般起伏着。

古董店内播放着清灵透明的音乐盒乐声，空气里飘散着淡淡的咖啡香。

"嗨，你经常来看这盏灯吧？"

男人微笑着走向橱窗陈列架，捧起那盏水晶灯。

原本体积已不算大的灯饰，在男人宽大的手掌里，看来更小巧精致得让人怜惜。

"嗯？"孔澄有点讶异地张大嘴巴。

"我住在这儿楼上。"男人指指店铺淡蓝色墙壁旁的旋转楼梯，"坐在阳台上，街道上的事情都看得一清二楚哟。"

男人有点轻佻地朝孔澄眨眨眼睛。孔澄不由得涨红了脸。

"卖二千多块钱吧？"孔澄有点愤愤地说。

那么旧旧的灯，简直是抢劫耶。孔澄把涌至喉头的话儿压下。

"什么？"男人耸耸肩，"才二百三十块钱嘛。"

"欸？"孔澄愕然地张大嘴巴。

明明盯着那价钱牌无数次了，绝对是二千三百元没错。

虽然自己对数学一向有点笨，但二百三十元和二千三百元的数字符号，也没可能弄错吧？

"价钱牌上明明写着二千三百呀。"

孔澄蹙着眉，眼睛眯成一线。

"现在二百三十元卖给你，不买也没关系。"

男人慢条斯理地放下水晶灯。

"买、买哦。"孔澄情急地说，一把抓起水晶灯捧在怀中。

"是吗？"男人咧嘴笑笑，露出一排整齐洁白的牙齿，向孔澄伸出手，"那我替你用泡泡纸包好吧。"

孔澄把水晶灯重重地放回男人手上。

果然是间黑店。价钱牌上的价钱是用来骗游客的吧？

那么漂亮的灯，只值二百多元？孔澄忽然觉得一向可望而不可即的宝物在眼中霎时贬值了。

这样说来，店里其他东西其实也很便宜吧？

事实上，由踏进店里开始，孔澄又看中了另一样宝物，就是在空气中流转着动人乐声的音乐盒。

摆放在收银柜台上，用水晶珠镶嵌而成的音乐盒漂亮精致，在射灯照射下散发着恬静的光芒。

（买一盏灯和多买一个音乐盒，价钱也差不了多少吧？）

心里那只小恶魔的声音又响起来。

孔澄用贪婪的目光盯着音乐盒。

“那这个卖多少钱？”

男人摇摇头，说：“这是非卖品，私人珍藏。”

孔澄噘噘嘴。明明是间骗游客的黑店嘛。如果她是打扮阔气的太太或日本人，八成就会卖给她。

“这里可不是黑店。这盏灯是因为你来看了那么多次才半卖半送给你的。”男人像洞悉孔澄心中所想般一边说着，一边垂下脸用泡泡纸包装着水晶灯。

呆瓜才会相信你。孔澄狐疑地望向男人的侧脸。

男人的侧脸比正脸好看。

正脸看起来有点平凡，但侧脸看起来却充满个性。

为什么会有那样的差异呢？孔澄不禁定定地瞪着男人。

男人垂下脸时，眼神相当锐利，嘴巴也不自觉地紧绷着，是相当具有男子气概的侧脸。

“刷卡还是付现金？”

男人抬起脸来，五官又皱成一团地笑望着孔澄。

孔澄偏偏头。那像沙皮狗的笑脸真的很蠢耶。

"现金。"

孔澄从背包里掏出钱包，翻开皮夹，那里只有两张一百元纸币。

见鬼，身上连三百块钱也不够。

孔澄暗暗吐吐舌头，清清喉咙自然地说："还是刷卡好了。"

男人耸耸肩。

"你的白毛衣很漂亮哟。"男人嬉皮笑脸地说。

真是个够奇怪的人。谁要和他搭讪？

"谢谢。"孔澄敷衍地回答。

"我叫巫马。"男人好像还没打算闭上嘴巴，自顾自地说。

"嗯？"

"我说我叫巫马。"

男人像有点没好气地瞪了孔澄一眼，提高声调重复一次。

"好奇怪的名字。"孔澄冲口而出。

"是吗？"男人看看孔澄，像笑她少见多怪地笑起来，"是姓氏啦。我姓巫马，所以朋友都叫我巫马。"

"从来没听过有那样的姓氏。"

"是吗？"

男人又露出那像沙皮狗的笑容。

"你叫孔小澄是吗？"

男人翻看着信用卡喃喃地念着。孔澄霍地红了脸。

"是孔澄。"

"这里明明印着孔小澄，不是吗？"

叫巫马的男人扬扬手上的信用卡。

"都说是孔澄啦。最多叫我阿澄，二十多岁的人，谁要被叫小澄？"

孔澄气鼓鼓地从男人手上抢回信用卡。

"我还未刷卡呀。"男人没好气地笑，"小澄很好听呀，父母替你取的名字，不要随便改掉。"

谁要听你训话？孔澄鼓起腮帮。

巫马拿起信用卡刷过机器，机器发出规律的接驳声音，却迟迟无法顺利接通信用卡中心。

孔澄的脸色渐渐变白。

该不会已经超过限额了吧？

孔澄偏着头，努力回想这个月刷卡买了什么。

家具和电器都是这个月才刷卡的。孔澄暗暗数着指头。这样算起来，到底超过了限额没有？

可能超过了，也可能还没有吧？ 只不过二百三十元，信用卡中心不可能吝啬那二百多元的贷款呀。

说不定真的超过了。银行就是很无情的冷酷组织呀。

孔澄有想开溜的冲动，简直想找个地洞钻下去。

"这个时间信用卡中心很繁忙吧。"

出乎意料地，巫马从容地说。

"过一会儿再试试。你随便四处看看，这里还有很多漂亮东西，全部是真古董。"

骗小孩。孔澄在心里想着，但还是自然地开溜到一边去。

赶快接通，赶快接通。孔澄一边用意志力徒劳地催促着信用卡阅读机，一边在小小的店面浏览。

"想喝咖啡吗？"巫马问。

"这里也是咖啡店？"孔澄回过头来问。

从进来开始，孔澄就感到有点纳闷了。古董店里放着两套深棕色的小圆桌和椅子，原来真是招待客人喝咖啡的吗？

谁会进来这家黑店喝咖啡喔？还要被这堆着沙皮狗笑脸的男人一直盯着。

"谢谢。不用了。"孔澄也堆起笑脸。

孔澄的脚步停在一幅油画前。

虽然对画不太认识，但报社同事去年在案头一直挂着莫奈的风景画月历，所以一眼便认出来了。

在这里摆卖的，当然不可能是真迹。那是赝画吧？

赝画又怎能算是古董呢？

真是黑店和厚脸皮的店主。孔澄在心里想着，眼光在画布上睃巡。

是名为《日式桥及莲花池》的画作吧？

莫奈一系列以莲花为题的作品之一。

画面布满浓郁的绿，画着充满东洋味的庭院。

画面正中央是呈拱形的日式桥，桥下方的水池浮植着淡粉红的睡莲。

岸边与拱桥后方种满层层叠叠的树木和如瀑布般倾泻而下的垂柳。

幽绿的桥。幽绿的垂柳。幽绿的池水。

是在幽暗天色下绘的画吗？

整幅画给予孔澄深沉晦暗的感觉。

那一片片化不开的幽绿，那像没法透进一丝阳光的浓密树景，都叫孔澄感到浑身不舒服。

是因为在画面中完全看不见天空，所以才会产生这没来由的压迫感吧？

孔澄不自觉地用手抚着胸口。

漂浮在水面的睡莲和叶片，如活在池中的妖精般，仿佛在孔澄眼底随水波寂静无声地流动着。

那暗黑不见底的水面，仿佛浸染着一抹诡异的氛围。

孔澄甩甩头。

到底是怎么了？不过是一幅赝画哦。

然而，孔澄无法把眼光从油画上调开。

一瞬间，庭院四周重重深锁的树群像朝她不断挤压过来，树叶像震动着光般在呼吸颤动，四周骤然溢满了绿叶和水的气味。

孔澄呆怔着无法移动，不断眨着眼睛。

在那片幽绿的树林里，有某种阴暗之物蛰伏着，屏息着，等待着。

孔澄倒吸一口气，感到眼前天旋地转。

011

到底是怎么回事？孔澄脑海里变得一片空白。

毫无预兆地，如线般的泪滴从孔澄脸庞缓缓滑下。

无从回避，无法躲开，满溢的悲伤感觉骤然袭上心头。

在哭的不是我。这沉重得无法承受的悲伤并不属于我。

虽然孔澄脑海里清晰地了解这一点，但是却无法止住滑下的泪。

孔澄惊恐地哆嗦着，抱起胳臂蹲在地上，眼光还是无法移离那幅画。

孔澄的身体轻轻地颤抖着。

自己到底怎么了？

"怎么了？"

从远处，仿佛传来一把男人的声音。

像隔着重重水帘而变得混浊模糊的声音。

"喂，你怎么了？"

声音终于穿过水帘，浮在包裹着孔澄的空气中。

孔澄茫然地，自言自语般低喊："救我。"

巫马像听不清楚，有点摸不着头脑地蹲下来，探视着孔澄的脸。

"你哪里不舒服吗？"

孔澄像遇溺般猛然抓着巫马的手。

"哗，痛呀。"巫马皱起眉头。

"救我。"孔澄仍定定地瞪视着金色画框里浮动着无边无际的幽绿。

那抹幽绿里，有某样东西沉默地蛰伏着。

到底是什么？孔澄不断眨动着噙满泪水的眼睛。

那抹幽绿里，有谁正无声地注视着她。

黑暗的幽灵，蛰伏在油画里雾气迷蒙的阴绿水汽中。

孔澄惊恐地抬起脸，更用力地抓紧巫马的手。

"救我！"孔澄如堕进了无法摆脱的噩梦般歇斯底里地呼喊。

Chapter 1　蓝眼睛的爱丽丝

一年前

姜望月仰起脸，把垂在额前的凌乱发丝拂至脑后，将下巴枕在徐天立肩上。

做爱后，望月最喜欢这样从背后静静拥着天立。

两人挤坐在狭小的单人床上，望月感觉自己像张开翅膀的鸟儿般，保护着怀里的小鸟。

望月慵懒地伸伸雪白的长腿，把小小的脚板重叠在天立比她大出三号的大脚背上。

幽幽的月色从长方形窗户透进四百平方英尺①的狭小公寓内，随着月亮移动，透明的月色在两人的肌肤上游走。

"不冷吗？"天立问。

望月摇头，把脸蛋贴在天立微微汗湿的背上。

天立的背薄薄的，用臂弯紧紧裹着他的身体，好像可以感到肌肉内骨头的起伏与凹陷。

望月喜欢这意志坚定的背影，也喜欢天立的气味，像牛奶糖般酥酥的气味。

"我们来玩联想游戏吧。"望月眯起总是闪闪发亮的细长眼眸，笑着说。

"嗯？"天立有点心不在焉地垂下眼帘，一张一合地重复活动着手掌。

"今晚不要作画了嘛。"望月凝视着天立的手，撇撇嘴，

① 1平方英尺≈0.093平方米。

带点撒娇的意味轻嗔。

"你说想玩什么游戏？"天立以一贯淡淡的语气问。

望月轻轻叹口气。

由十七岁开始，和天立交往五年了。

她喜欢他的冷静沉着，但有时候，也最讨厌那份冷静沉着。

望月有时候会在脑海中想象，天立因为兴奋而像小孩般哇哇大叫的模样，又或是因为愤怒紧握拳头，额头上青筋暴突的模样。

然而，一切只有想象而已。

现实中的徐天立，永远像一座山般坚定沉稳。

不熟悉他的人，总觉得他为人冷漠，难以亲近。

或许真的是那样吧？

但是，望月迷恋那冷漠眼眸里偶尔流过的温柔。

那像黑夜的湖水般深沉的眼眸，偶尔漾起的波纹；那倔强淡漠的嘴角，偶尔泛起的青涩笑容，永恒地如魔笛般拨弄着她的心弦。

然而，已经五年了，两人到底要走往哪里去？

"我说名词，你不要细想，第一时间说出对那样东西的感觉。"望月回过神来，提起精神调皮地说。

天立喜欢沉默不语，望月却总想透过语言，更亲密地触摸他。

除了肌肤相拥的确认和安全感外，有时候，望月恨不得一双手能穿过天立胸前的肌肤，抚摸他那颗心的每一分每一寸。

"这房间。"望月说。

天立环视四百平方英尺的房间，堆塞着单人床、书桌、衣橱、冰箱、画架、油画，只有一个简单炉灶台和流理台，说不上是厨房的开放式厨房，和只可容纳站立式淋浴间的盥洗室。

"要在一秒内回答的哦。"望月摇摇天立的肩膀催促着。

天立叹口气："乱糟糟。"

"床？"望月看看床上凌乱的蓝色床铺。棉被起伏的皱褶间，仿佛仍隐埋着二人激情的余韵。

"硬邦邦。"天立一副摸不着头脑的表情。

望月没好气地翻翻白眼："书店？"

"书。"天立弹弹手指，这次只用了零点一秒的时间爽快地回答。

望月放开拥着天立的臂弯，爬过床铺另一边，正面朝向天立，定定地凝视着他的眼睛。

"油画？"

天立犹豫了一下，有点烦躁地拨拨垂在额前的黑发。

"我们的经济命脉吧。"天立摊摊手。

望月蹙着秀气的眉："月亮？"

"夜晚。"

望月心里已泄了气。

"蓝眼睛？"望月挂着失望的表情最后问。

天立侧起头，像很困恼地想了又想。

"蓝眼睛。"天立搔搔头，"啊，玉置浩二的歌《蓝眼睛的爱丽丝》。"他皱起眉头，"这到底是什么玩意儿？"

"你好好看着我。"

望月闪亮的眼眸定定地凝视着天立。

"啊，望月你今天戴了蓝色隐形眼镜。"半晌后，天立啼笑皆非地说。

"现在才发现吗？"

望月气鼓鼓地滑下床沿，双脚搜索着布拖鞋。

木地板的触感冰凉，望月的身体微微抖了一下。

"会着凉呀。"天立拉起蓝色棉被包裹在望月身上，一脸无知无觉地说。

望月拉着身上的棉被，感到胸口突然涌起重重的郁闷感。

"天立，"望月倚着床沿，轻轻摇动着细长的足踝，"天立心里到底有没有我？"望月低头看着木地板，轻声问。

"嗯？"天立把身体挪近望月，"什么？"

"我在这房间里，和你一起度过的时间，对你来说，是没有任何意义的吧？"

望月仍垂着眼帘，怔怔地凝视着木地板。

"你到底在说什么呀？"

天立烦恼地搔搔有点过长的浓密黑发。

"书店是我们最初邂逅的地方呀。"一滴泪水滴落到光滑的木地板上，"你都已经忘了吧？"

天立讶异地微微张开嘴。

"看见月亮的时候，即使我不在你身边，也希望你会想起我的事情啊。连这点也做不到吗？"望月不敢望向天立，只是垂着眼帘低喊。

天立烦闷地一骨碌站起来，在地上拾起牛仔裤默默套上。

"拥抱我的时候，也没有好好看进我的眼睛里吗？"望月低声嚷道。

天立呼一口气，抬起脸来。

"没发现你戴了蓝色隐形眼镜，是我不对。不过，也用不着哭啊。望月你最近好奇怪。"

天立走到流理台前扭开水龙头洗脸。

"什么房间，什么书店，什么月亮，你不觉得那样的问题太肤浅了吗？也太无聊了吧。"

"你潜意识里根本就没有我的存在。"

望月抬起眼睛，看着天立赤裸的背影。

天立大力地拿起毛巾擦着脸，把毛巾丢在流理台上。

望月静静凝望着那总是很孤独的背影。

天立其实并不孤独吧？孤独的是自己。和他一起的自己。

那背影看起来总是那么孤独，只是因为自己心里寂寞吧？

我一直把自己的寂寞，投射到他身上。

天立并不需要我。

他是那种可以好好地一个人生活，一个人作画，一个人思考的人。

渴求着、需索着，没有他而不懂怎样活下去，卑微无助、不能自拔的，只是自己而已。

望月心里突然害怕起来。

天立会讨厌她吧？会变得讨厌她吧？唠唠叨叨的女人。

望月好后悔自己无风起浪。

天立回过脸来。

望月像乞求猎人的可怜的小动物般不断眨着眼睛。

"对、对不起。"望月有点口吃地说。

天立缓慢地走回望月面前。

"该说对不起的是我。"

天立叹口气，蹲跪在望月跟前。

天立沉静地凝视着望月的眼眸，有一瞬，好像想开口说什么，但只是摇摇头站起来。

"是我不对。我以后会好好留意的了。望月的头发短了一厘米也会立即发现。我们不要吵了吧？"天立回复一贯淡然的表情，沉着地像哄孩子般说。

望月乖巧地点头。

天立弯下腰，在望月耳畔轻轻吹一口气。

那是天立最喜欢的小动作，代替接吻，在街上也可传达的亲昵信号。

曾经，只要那样，望月便会觉得自己在天立眼中是世界上最特别的人。

曾经，只要那样，望月便会觉得心头暖烘烘的。

但是，最近心里却总像被吹开了一个洞，不休止的风声，一直在心的空洞里回响。

望月勉强地笑笑。

"我回去了，不骚扰你作画。"望月像成熟的大人般说出体贴的话，心里却好想天立会叫她留下来。

"回家好好睡一觉吧。在这里我会吵着你睡的。"天立毫无知觉地说，从地上拾起毛衣套上，走至画架前。

画架上摆放着一张已大致完成，只需再稍加润饰的油画。

天立不喜欢别人看着他作画，也讨厌让人看到未完成的画。

已经很久没看过天立挥笔作画的模样了。望月怀念地想。

"是莫奈的《日式桥及莲花池》吧？"望月裹着大棉被，走至画架前，"有客人订了吗？"

"嗯。"天立点头，"好像会被放在酒店里作装饰画。"

因为想多了解天立的缘故，望月虽然没有作画的天分，但在大学期间选修了美术史，毕业后一直在画廊工作。

"和天立一起的望月好可怜，只是个影子罢了。徐天立的影子。你不觉得那样爱一个人太悲惨了吗？天立也会被你压得透不过气来吧。"望月的好朋友曾经那样说。

那时候，望月觉得心头受到了重重一击。

无意识地，就渐渐与好友疏远了。

这样想起来，望月的朋友，都不大喜欢天立，觉得他总是漠然地，一脸瞧不起别人的模样。

"说到底，不过是个为生计而绘画着赝画的凡夫，却一副自命清高的艺术家模样。"一次女性朋友们的聚会中，一个朋友冲口而出。

从此以后，望月渐渐推却朋友们的聚会。

天立作画的时候，她就一个人窝在独居的家里看小说或电影。

变得愈来愈孤独的，只有自己吧。

却心甘情愿。

但那样的自己，正如朋友所说，会渐渐变成天立的包袱吧。

或许已经开始讨厌她，厌烦她了。

但是，望月对自己不安的心情完全没法可想。

"天立不再画自己喜欢的画了吗？"望月舐舐嘴唇问。

天立的肩头僵了一下，转过脸来看了望月一眼。

"不要再提了。"

"这些都不是你真正想画的画吧？"

望月环视着房间倚放在墙壁上的赝画。

"我相信天立的才华。不是以女朋友的身份，而是以一个画廊工作者的身份。天立，你这么年轻便放弃梦想，还是太早啊。"望月一鼓作气地说。

天立紧绷着脸沉默着。

望月最害怕这样的沉默。

就好像天立关上门，把自己一个人锁在房间里，把她孤零零地留在空洞洞的走廊上。

五年了，她却仍无法找到开启那道门的钥匙。

是自己的问题吗？

因为天立并不真正爱她吧？

只是自己一厢情愿地缠着他。

望月摇摇头，近来总是胡思乱想地在这样的旋涡里打转。

天立缓缓开腔。

"你也不想再像以前那样，男朋友连屋租也要向你借贷吧？现在不是很好吗？如果赝画的订单顺利继续的话，迟些或许可以租大一点的房子，今年也许可以一起去一趟旅行也说不定。"天立朝望月眨眨眼睛，挤出淡淡的笑容说。

望月皱皱眉，说："天立……"

"不要再说了，好吗？"天立沉声道，回过脸专注地凝视着画中风景。

望月怔怔地站立在天立家楼下。

十二月的子夜寒风呼啸着擦痛了脸庞，但她就是不想离去。

好想和天立一起迎接每一个清晨。

为什么天立可以一个人那样坚强地活着呢？

身旁的伴侣就像是无可无不可的存在。

望月踮高脚，抬头望向三楼还亮着灯的窗户。

天立的身影，站立在窗户旁，拿着画笔，手指没有移动，像在静静沉思。

他又进入了那个她无法触摸的世界。

望月拉拉杏色大衣的衣领，一边呼着白色雾气，一边举起左右手的拇指和食指，将天立的身影围在手指圈成的小方格中。

望月眯起眼睛，从手指圈中凝望着天立的身影。

好想就这样，把他包围在自己的手掌里。

望月傻傻地笑起来。

回家去吧。望月对自己说，决然地转过身，踏起大步走下斜坡路，朝一街之隔的公寓走去。

寂静的夜街两旁停着一整列违例停泊的汽车。

望月像想起什么似的停下来，在一辆深蓝色日本房车前弯下腰，在左侧的后视镜中注视自己的脸。

在街灯苍白的光晕下，后视镜中反映出的蓝色眼瞳，像放射着异样的辉彩。

望月眨着眼睛。

前些日子，望月和天立一起走在街上，一个戴着蓝色隐形眼镜的女孩迎面走来。

与女孩擦身而过后，天立少有地轻轻吹起口哨，一边走一边哼着有点走调的乐韵。

"嗯？"望月有点稀奇地看看天立好心情的脸，"你在哼歌吗？"

天立像回过神来般有点不好意思地露出青涩的笑容。

"《蓝眼睛的爱丽丝》，你没听过这首歌吗？"

望月摇头。

"是玉置浩二的老歌。看见蓝眼睛的女孩，就会不期然在心里哼起这首歌。"

天立微笑。

"真教人怀念，这是我还拥有少男情怀时喜欢的歌。啊，怪不好意思的。"

天立像很尴尬地搔搔头。

"爱丽丝也是个漂亮的名字啦，因为这首歌的关系。"

天立淡淡地笑，眼神像看着远方。

望月在寂静的夜街中，怔怔地凝视汽车后视镜反照出的蓝色眼瞳，低低地叹气。

望月推着超级市场的购物车，心不在焉地看着冷冻库内的盒装鲜肉。

天立已经五天没有打电话给她了。

这并不是什么稀奇的事，天立埋头作画时，连续两星期不与她联络和见面，以前也是常有的事。

"望月也有很多自己想做的事吧？虽然是恋人，但还是各自拥有自己的空间和时间最好。"天立曾经说。

"常常抛下我一个人，我会被别的男人抢去也说不定哦。"

虽然望月撒娇地回答，但天立仍以一贯淡淡的语气说：

"我相信望月。"

"是相信你自己吧？"

望月看着他那自信满满的表情。

"也有一点啦。"

天立微笑。

过去，望月也曾觉得天立的想法很对。

与天立不见面的日子，她可以不用顾忌，自由地约朋友出去看 电影吃饭，或者一个人在家，不受骚扰地一口气看完一整本小说。

那样的交往方式，既可保留热恋的温度，也没有被捆绑的感觉。

自己是自由的。

与天立自由地相爱，自由地享受每一天的生活。

然而，最近，不知为什么，望月的想法渐渐改变了。

不和天立在一起时，她总会不自觉地胡思乱想。

没有来电，也不想与我见面，就是不重视我的存在吧？这想法一旦冒出，便萦绕不去。

这几天天气变得更冷了，天立也一定没好好吃饭吧？

望月想和天立一起，温暖地围着火锅，大口吃着热气腾腾的美味食物。

望月在冷冻库里左挑右选，把牛肉片、石斑鱼片、虾、鱼蛋片和菜肉饺子放进购物车。

望月拍拍手，推动购物车，朝蔬菜摊子走去，走了几步，像忽然想起什么似的把购物车回转，重新停在冷冻库前。

望月拿起盒装羊肉片放在手上，不自觉地皱皱鼻尖。

她从小就很讨厌羊肉的膻味。一旦把羊肉片放进汤里，整锅清汤也会沾上那令人受不了的膻味。

望月把羊肉片的包装盒在手心里一上一下地轻轻抛着。

但这是天立最爱吃的。

望月轻快地哼起《蓝眼睛的爱丽丝》的曲调，把羊肉片放进购物车里。

望月在木制的矮脚小圆桌上，忙碌地摆放着洗干净的蔬菜和鲜虾，跪坐在蓝色坐垫上，打开小型气体炉的火。

蓝色火焰噗嗤一声冒起。

望月一边哼着轻快的曲调，一边用大木勺搅拌着小铁锅里的芫荽皮蛋汤。

豆腐和白萝卜在清汤里旋转漂浮，惹人垂涎地冒出热腾腾的蒸气。

"可以吃了哦。"

望月抬起眼来喊一直如蜡像般伫立在画架前的天立。

"好好吃的样子呢。"

望月双手合十地歪着脸蛋，被炉火映照得红扑扑的脸看起来格外稚嫩。

"等我三分钟。"

天立摆摆手，咬着画笔末端，定定地瞪视着面前的画作。

"由我进来屋里开始，你已经说了十遍等你三分钟啦。"

望月没好气地拍拍手吸引天立的注意力。

"嘘。"天立有点不耐烦地瞄了望月一眼，眼光又放回画布上。

望月耸耸肩，脱下骡布围裙，解开刚才随意用橡筋圈束在脑后的长发。

望月望着如老僧入定般的天立，长长地吐一口气。

"你先吃吧。"天立没有移开目光，心不在焉地说。

"冷了就不好吃了。人家是特地为你做的，全都是你爱吃的东西，有羊肉片……"

"望月你不要烦我啦，好不好？"

天立一脸烦闷地咬着画笔，眼光仍定定地留在画布上。

望月默默地眨着眼睛。

"火锅什么时候都可以吃，这幅画这星期内一定要完成。"

天立一脸心浮气躁。

"我在工作呀。"天立低声地喊。

望月转过脸，望向倚在墙壁上那一幅睡莲的画作。

来订画的客人不知为什么改变了主意，天立完成了的睡莲画作最终没有被采用，这回又指定他另画一幅火车的风景画。

同样是莫奈的赝画，天立在描绘着《圣拉扎尔火车站》。

那是莫奈罕有以都市背景为题材的作品，描绘的是巴黎圣拉扎尔火车站的郊外线列车室内车库。

十九世纪古老的火车头，吐出如棉花球云朵般一团团浓密的白色烟雾。

火车站的玻璃天窗没有透进一丝阳光，像是阴天午后浓浊的灰白光芒，溢满整个车站。

望月刚才从超市上来的时候，天立已是这样一脸不满意地定定地瞪视着已完成的画作。

望月认为他再瞪着画看一天一夜也没有结果。

天立的赝画，是一幅阴霾满布、让人看了意志消沉的画。

望月觉得那正反映着天立此刻的心境。

她讨厌天立背叛了真正的自己，为金钱绘画这些他根本无法用心去画的作品。

这不只是他对自己才华的亵渎，也是对莫奈的亵渎。

望月不断眨着眼睛，好不容易才制止了想淌下的泪水。

要是天立看见她哭的话，一定会不高兴，觉得她总是像孩子般向他撒娇。

纵然面对着炉火，望月仍然觉得有点冷似的弓起身体，用双手环抱着腿，把下巴枕在膝盖上。

铁锅子内的热汤开始沸腾起来，从锅内翻卷起白白的雾气，如薄薄的无形墙壁般，挡在两人之间。

待天立从他的冥想和执迷中回过神来的时候，不是三分钟，而是三个小时以后的事情了。

天立放下画笔，伸个懒腰，大大地呼一口气。

望月不知什么时候在小矮桌旁边蜷缩着睡了过去。

她如婴儿般弯屈着身体，睡倒在坐垫上。

长长的发丝披在脸上，嘴唇如婴孩般微微张开，发出均匀的鼻息。

天立蹑手蹑脚地来到望月身旁，轻手轻脚地拉开摆着火锅的小圆桌，小心翼翼地抱她上床，为她盖上棉被。

望月呢喃着像梦呓般的话语，依旧沉沉睡着。

天立抚了抚她的发梢和脸蛋，在她耳边吹了一口气。

望月呢喃着翻转身体，发出低低的吐息声。

天立自然地钻进被窝里，像抱着易碎的陶瓷般，轻轻从背后抱着望月纤细的腰。

天立把脸凑近望月的颈项，嗅着她的体香，脸上泛起像孩子般平和的微笑。

天立就这样静静不动地抱着望月，直至手臂感到疼痛和僵硬起来，才轻轻抽开手，离开床铺起来。

望月还是一脸安稳的睡相。

天立看着她的脸怔怔地出神。

不知过了多久，静谧的房间里忽然响起像动物吐息的声音，天立才猛然醒觉是自己的肚子在咕咕奏鸣。

天立摇摇头，回到矮桌前席地坐下。

铁锅里的清汤泛着冷冻的油脂。

天立俯下脸，扭开小型气体炉的开关。

矮桌上剩了约三分之二分量的鲜虾、羊肉片、饺子和蔬菜。

天立看着火锅的材料，眼光落在望月没有动过筷的羊肉片上。

是哦，望月一向讨厌羊肉的膻味。

天立边想边微笑着把羊肉片放进刚刚煮开的清汤里。

现在回想起来，天立对于刚才让望月一个人吃火锅的事情，升起了深深的愧疚和歉意。

望月是什么时候来这儿的？是黄昏的时候吧？

天立甩甩头，脑海里却无法浮现清晰的画面。

自己总是那样，专心作画的时候，就像一头沉进了水中，四周的一切变得恍恍惚惚，房间里的一切一点一滴地淡出。

自己就像着了魔般，只与画中世界相对而立。

这天晚上，好像也用了稍重的语气跟望月说话吧？天立无法清晰确认，但依稀记得自己说了不应该说的话。

自己总是那样，自私地伤害着所爱的女人。

天立无法想象与望月以外的任何女孩相处。

唯有望月，了解他的一切。

像他这样性格乖戾孤僻的人，或许应该一个人活下去才是理所当然的。

能够拥有望月伴在身边，是几辈子的幸运。

天立把刚灼熟的羊肉片蘸上望月特别调制的辣椒豉油大口吃着。

然而，最近自己总是无法直视望月无邪的眼眸。

她在他身上，期待着什么吧？

但是，他只是个两袖清风的人。

无法给予她什么，甚至无法鼓起勇气作出男子汉对心爱女人应作的承诺。

这样下去，望月也会有厌倦的一天吧？

天立怔怔地凝视着热锅里半透明的萝卜片。

与其一辈子追寻理想而让身边的女人伴着自己漂泊，天立宁可舍弃梦想，追寻和望月一起安定的生活。

只要这一系列的赝画能成功卖出去，自己就能以商业画家的身份在这社会生存下去。

那时候，他会让望月披起比任何女孩都要漂亮的白色婚纱。

纵使不擅辞令，纵使不相信肤浅的语言，自己也一定能给心爱的女人带来幸福。

天立相信，爱的感觉，一旦透过肤浅的语言传达，便丧失了其中的纯粹。

世俗所谓爱的表白，不过像是模仿真迹的赝画般让人惨不忍睹。

天立的眼光，恋栈着睡床上望月无邪的脸。

清亮的月光，投射在望月如陶瓷般细白的脸庞上。

那是在他生命中，如闪闪发光的天使般的存在。

那在别人眼中看来总显得冷淡漠然的眼眸里，在月夜的光华中，静静反映着天使的轮廓。

晨曦的曙光照进房间里，天立放开一直拥着望月的手臂，从床上坐起来。

身旁的望月还在酣睡。

真是个睡宝呀。天立用手背轻轻抚了抚望月滑溜溜的脸蛋。

他不知道的是，为了天立的若即若离，望月已不知失眠了多少个晚上。这夜睡在天立身旁，她难得地睡得安稳。

天立离开床铺站到窗前，看着窗外郁金香色的天空。

望月常常会在上班前绕到天立家里，静静在餐桌上放下他喜爱的牛油酥饼和咖啡。他只要睁开眼睛，便有丰盛的早餐迎接他。

天立昨晚一直记挂着要向望月为火锅的事赔罪，一心想要比望月早起，买新鲜出炉的酥饼和咖啡回来，所以一夜也睡不稳。

天立踮着脚到洗手间刷牙洗脸，换上轻便的运动衫，拿起钥匙轻手轻脚地走出家门。

望月缓缓睁开眼睛，带点茫然地瞪着油漆剥落的米白色天花板。

昨夜的事，慢慢爬回呆滞的脑海里。

自己是什么时候睡着了？望月茫然地眨着眼睛。

身畔的被窝暖烘烘的，却不见天立的身影。

"天立。"望月抱着棉被从床上坐起来，朝盥洗室的方向细声喊。

声音在空荡荡的房间里像满载唏嘘地回荡着。

望月搔搔凌乱的长发，眼光落在窗外郁金香色的天际。

天立还在生气吧？所以一声不响地外出了。

一直以来，两人之间拥有默契，天立不主动找她的时候，就是在埋首作画而不希望被骚扰。

昨天晚上，自己却幼稚地走上来缠着天立。

他已经愈来愈讨厌她了吧？望月忽然觉得很害怕。

"我们还是分手吧。"

望月可以在脑海中清晰勾画出天立说这话时冷酷的眼神。

望月急急爬起来。

我绝对不要分手。

过几天待天立的画顺利完成了,他就不会再生我的气了吧?

望月匆忙地起来,也顾不得刷牙洗脸,只是一心想着回避与天立在这房间中对峙的场面。

"两块蓝莓果酱牛油酥饼、一杯大号牛奶咖啡、一杯大号谷巴仙奴。嗯,再加两块香肠馅饼吧。"

天立站在咖啡店的柜台前,心情轻快地在桃木柜台上弹着手指。

"酥饼和馅饼要温热吗?"戴着可爱红白条纹鸭舌帽,一脸精神奕奕的女服务生笑容可掬地问。

"嗯。"天立点头。

女服务员戴着透明胶手套从陈列柜里拿出酥饼和馅饼,放进背后的微波炉。

天立从裤袋里掏出零钱交给女服务生,走到领取食物的柜台前等候。

咖啡店里飘散着浓郁的咖啡香。

早上七点刚过,店里只有一个穿着运动服,像刚刚完成晨跑的女孩在呷着橘子汁,吃着葡萄酥饼。

天立回过身去面向住宅街,双臂倚着柜台,看着清晨街上宁静的风景。

咖啡店位处住宅街陡斜的马路上，天立的公寓，就在斜路的顶端。

马路上连一辆路过的车辆都没有，只有一个头发灰白的老翁牵着毛色灰白的雪地狐犬在散步。

雪地狐犬有一双宛如蓝宝石的漂亮眼睛，虽然被蓝色狗绳缠着颈项，仍很帅气地踏着优雅的脚步走着下坡路。

"两块蓝莓果酱牛油酥饼、两块香肠馅饼、一杯大号牛奶咖啡、一杯大号谷巴仙奴。"

戴着红白条纹鸭舌帽的女服务生，朝气勃勃地把包装在啡色纸袋内的饮料和食物交给天立。

天立转身，接过女孩手上的纸袋。

"谢谢。"

女孩漾着爽朗笑容的脸孔突然僵住了，双眼发直地瞪着店外面的街道。

"啊。"女孩掩着嘴巴惊呼起来。

天立顺着她的视线转过身去。

长长的斜坡路上，一辆黄色大型垃圾车，失控似的急速滑过咖啡店门前，像对谁怀有满腔恨意般，笔直俯冲而下。

望月双手插在杏色大衣口袋里，心绪不宁地走下斜坡路。

她低垂着脸，笔直地走过咖啡店门前。

走到斜坡路尽头，行人信号灯刚好转为红色，望月停下脚步。

望月独居的家，就在越过马路的另一端。

望月心不在焉地瞪着红灿灿的信号灯。

一个牵着雪地狐犬的老翁和望月并排站在人行道上。

雪地狐犬凑近望月脚边，抬起脸嗅着她的大衣。

望月从呆怔中回过神来。

"好漂亮哟。"

望月不期然泛起笑容，看着雪地狐犬蓝宝石般的眼睛。

灰白头发的老翁露出亲切的笑容。

"不怕狗吗？"

望月用力摇头，羞赧地笑。

"我也想养一只狗狗，不过有点自顾不暇啦。"

037

"它对陌生人热情，回家就只会欺负我们。"

老翁宠爱地拍拍雪地狐犬的头颅，拉拉蓝色狗绳，不让它爬到望月身上。

行人信号灯转为绿色。

"这是雪地狐犬吧？夏天它会不会受不了？"

望月侧起头看着大摇大摆地踏出脚步的高傲狐犬。

老翁转过脸来，刚刚张开嘴，表情却像突然看见鬼魅般凝结了。

"怎么了？"望月顺着老翁的视线把脸转向左边，回看斜坡路上方。

一瞬间，望月的脸孔呆呆地冻结了。

Chapter 2　睡莲凝望

孔澄像溺水般紧抓着巫马的手，失去血色的脸孔像被海潮激烈冲刷过的贝壳般苍白。

"怎么了？"巫马搀扶着孔澄站起来，"头晕吗？"

孔澄像受惊的动物般拼命摇头。

"那画里……有谁在注视着我们。"孔澄口齿不清地说。

"什么？"

巫马露出匪夷所思的表情看看孔澄，又回头看看油画。

"有谁在画里面啊。"孔澄混乱地嚷。

巫马以强壮有力的臂弯不由分说地把孔澄带回古董店内的咖啡座。

"坐下来。"

巫马庄严有力的声音，叫完全失去了空间感和现实感的孔澄稍微镇静下来。

孔澄重重地坐进圆拱形的木椅子里。

"坐在这里不要动。我拿杯水给你。"

巫马跨着大步爬上店后方的旋转楼梯，消失在挖空的圆形天花板出口。

孔澄的眼光重新落在古董精品堆中的睡莲油画上，觉得自己像快要窒息般无法呼吸。

在睡莲油画旁，放着另一幅像是同一个画家的作品。

古老的大火车头，吐出漫天灰白混浊的烟雾。

看着另一幅画时，完全没有任何怪异的感觉。

虽然是一幅色调沉郁的画，却没有丝毫让人感到不安的地方。

"把这喝下去。"

巫马不知何时拿着冰水回到孔澄跟前。

孔澄像小孩般听话地接过玻璃杯，一口气喝下冰水。

握着杯子的手像拥有自己的意志般抖颤着。

"慢慢深呼吸。"叫巫马的陌生男人仍然以命令的语气朝孔澄说。

高大的身躯，深邃的眼眸，平凡但充满男子气概的脸孔，一瞬间，让孔澄泛起似曾相识的错觉。

孔澄甩甩头。

稍微冷静下来后，孔澄对自己的失态感到无地自容的困窘。

"我也不知道为什么会这样。"孔澄喃喃地说。

巫马像毫不介怀地耸耸肩。

"所谓古董，就是拥有灵魂的东西吧。"

"嗯？"

"这里卖的所谓古董，不一定是年代久远的东西，而只是经历过某种浸淫，拥有特别灵魂的东西。"

孔澄睁大眼睛。

"你也感应到那幅画里有谁在注视着我们吗？"

巫马发出爽朗的笑声摆摆手。

"怎会有那样的事情？太荒谬了。我说的'灵魂'，不是鬼魅那种灵魂呀。我只是从一个收藏家的角度，觉得这幅画拥有某些什么深刻的意义。虽然在画功上有不足的地方，但那是一幅有'灵魂'的画。我在说抽象的'灵魂'呀。你想到哪儿去了？"

"不，"孔澄情急地嚷，"你听我说，我知道听起来很荒谬，我自己也不知道为什么会发生那样的事情，但是，那幅画……"

孔澄站起来，战战兢兢地朝油画走去，把手伸出来，轻轻碰触油画颜料。

如寒冰般的触感，瞬间渗上指尖，一直透进孔澄心坎里去。

孔澄打了个冷战。

"这画里有谁在呼唤着我们。"

孔澄深吸一口气，让自己尽量不像是刚从精神病院被释放出来的病人，努力保持冷静地说，但声音还是颤抖着。

"好了好了。"巫马拍拍手，"小姐你想象力太丰富了吧？我从一个脚踏实地的角度给你一个合理的解释。所谓艺术，就是能直达人心的东西。这幅画让你看了以后产生某种震撼，深深吸摄着你。就是说，你心里产生了某种对艺术的感动吧？那是画家与欣赏画作的人之间类似心灵感应般宝贵的东西，没什么好奇怪的。可能只是你第一次看见真正喜欢的画罢了。"

巫马大事化小地完全没有把孔澄的错乱失态当一回事。

"不是啦。完全不是那一回事。"

孔澄急得直跺脚。

"你是和这幅画有缘的人吧？"

巫马闪动着眼眸注视着孔澄的眼睛。

那深邃的眼眸里，闪过某种神秘的光芒。

孔澄觉得自己的神经真的开始错乱起来了。

"这样吧，今天大倾销，我把这幅画送给你。"巫马满不在乎地说。

"嗄？"孔澄瞪大眼睛。

那画的价钱牌，是写着卖五千块钱吧？

"那画卖五千元啊。"孔澄匪夷所思地嚷。

"价钱只是一个符号呀。我随意写上去的，因为我喜欢那幅画，不想随便卖给别人。"巫马没有表情地说，耸了耸肩膀，"反正我也是免费拿回来的。"

"那这画的主人是谁？"

巫马抱起胳臂。

"在前一条街的画廊工作的女生。两幅画都是她送给我的。好像是以前男朋友的画，她说不想再看到，所以放在这里卖。"

"她男朋友怎么了？"

巫马摇摇头。

"这我就不知道了。或许分手了吧。不想睹物思人，不是常有的事吗？"巫马以稀松平常的语气说，"我替你把画包起来。"

孔澄大力摇头。

"不要，我绝不想再看到它。"孔澄近乎歇斯底里地嚷。

巫马扬扬眉毛，像蛮有兴趣似的望向孔澄。

"小姐，嗯，叫小澄吧？真是个有趣的女孩。"

"都说我不叫小澄了。"孔澄没好气地说。

"小澄的名字比较适合你呀。"

巫马固执地微笑着，像脑里少根筋似的。

"我绝对不要那幅画。"

孔澄重复地嚷，像是想以说话驱走心里骤然升起而且牢牢扎根的不安预感。

自己被某种巨大的东西逮着了。

这一切不过是个开始。

孔澄似乎确切听到脑海里某个发条被启动了。

在沉睡中，被粗暴的力量猛然摇醒。

一切不过刚刚开始。

孔澄像想驱走心里的寒意与惊惧般猛摇着头。

"好啦。"巫马举手做投降状，"不要就不要吧。看，你的信用卡终于通过了。"

店里的信用卡阅读机发出叽喳叽喳的噪音。

孔澄放下心头大石。

"我只要水晶灯就好了。"

孔澄像要拼命说服自己似的,不让自己再去想油画的事情。

是的。一定如这个男人所说，是某种对艺术的感动吧？孔澄在心里重复地自我催眠。

赶快离开这里,然后把那幅画及这里的一切,彻底地忘记。

孔澄垂下眼帘。

然而，她清晰地感到一道热灼灼的视线，一直紧贴在她背后。

不是面前这个叫巫马的男人的视线。

而是藏在画里的眼睛，一直执拗而灼热地逼视着她。

"我们店里的牛排味道是独一无二的，除了选用肉质最幼嫩可口的 entrecote（大块牛肉），还有我们独创的肉汁。"顶着高高的白色厨师帽，外表出乎意料地年轻的男厨师自豪地说。

中国籍的厨师，能成为这间高级西餐厅的主厨，一定具备相当实力吧。

孔澄环视着餐厅高雅的布置。

四周墙壁绘画着夏日巴黎街头咖啡座的人物风景画，弥漫春光明媚的气氛。

画中央是相对坐在咖啡座的男女，女的架着帅气的墨镜，穿着像被微风轻轻吹拂着的白底藏青色碎花吊带裙，男的穿着清爽的粉蓝短袖 T 恤衫与质料柔软的卡其裤，两人微微俯前身体，嘴唇像刚刚碰触在一起般轻吻着。

圆桌底下躺着一条白色带褐色斑点的长耳腊肠狗，舒服乖巧地躺在两人脚畔，一脸惬意的表情。

怎么又是油画？

孔澄像看见不祥的东西般移开视线，心不在焉地在笔记本上记下像蝌蚪般的笔记。

"也有食家认为最上好的牛排不应该加上酱汁？"孔澄

舐舐嘴唇，务实地提出拟好的问题。

"只要选料上乘，厨师的厨艺佳，很多西餐厅都可以做出像样的牛排。但是我们店里的肉汁与牛排之间的美妙融合，却不可能在第二家店尝到。"

"可以透露一下肉汁的秘方吗？"孔澄竭力收拾心神应付着访问。

样貌俊俏的厨师朝孔澄眨眨眼睛，"这个当然是商业秘密哦。"

厨师煞有介事地坐直身体，挪挪头顶上像烟囱般的高帽。

"嗯，就告诉你一点点吧。"

厨师抱起胳臂沉吟着。

"要用上大量牛骨熬两天两夜，还有上等的红酒和砵酒。两大瓶红酒，只会浓缩成极少的分量，是相当豪华的肉汁。其余当然还有独特配方和一定分量的调味料，这个就真的不能多说了。"厨师眯起眼睛说。

"哦。"孔澄在笔记本上记下更多蝌蚪文字。

一个穿着副厨制服的年轻人走过来，在主厨耳边低声说了几句话。

"今天是海鲜材料进货的日子，我要回厨房去点收，暂且失陪一会儿。"

厨师亲切地拍拍孔澄肩头，朝坐在方形餐桌另一边的餐厅公关经理点点头站起来。

孔澄礼貌地朝厨师点头，目送他离席，合上笔记本。

"其实我的资料已足够了，让摄影师拍下料理的照片就可以。"孔澄轻声跟穿着时髦紫色套装的公关经理说。

公关经理微笑点头，问："报道会在什么时候刊登？"

"应该是下星期三。我稍后会打电话跟你确认，刊出后也会寄一份报纸给你存录。"

"那麻烦你了。希望报道刊出后会吸引到更多客人。"公关经理站起来，"这里的灯光可以吗？拍照会不会太暗？"公关经理向摄影师投以询问的眼神。

"没问题。"摄影师阿毕一边嚼着薄荷口香糖一边回应着。

孔澄狠狠地瞪阿毕一眼。

不知嘱咐过他多少次采访时不要嚼口香糖了，这个比她年轻三岁的小男生却总是一副爱答不理的模样。

孔澄虽然是珍宝珠①的瘾君子，但也不会含着珍宝珠做访问呀。

"Wendy，你的电话，要留口信吗？"男服务生前来问公关经理。

"你去忙吧，我们再拍几张照片就完成了。"孔澄说。

公关经理点点头，说："有什么问题需要补充的话，可以找服务生通知我，我就在后面的办公室。"

"谢谢你。"

公关经理跟一旁的男服务生打了个眼色，踩着细细的高跟鞋，和厨师一样，消失在餐厅后方的红砖色大门后。

① Chupa, 珍宝珠棒棒糖。

孔澄呼了一口气，心不在焉地瞪着满席的豪华料理，有香煎鹅肝、鲷鱼片沙拉、酥皮蚬肉汤、厨师一再推介的秘制肉汁牛排，还有色泽漂亮的抹茶慕斯。

在餐厅正式开业以前，孔澄已和其他同行一起，接受过餐厅宴请，在这里尝过招待媒体的丰富晚餐。

不是年轻的主厨自夸，餐厅的料理的确是美味可口、令人回味无穷的佳肴。

但是此刻看着满桌精致的美食，孔澄却一点食欲也没有。

已经过了三天，但孔澄无论怎样努力，还是无法将油画的事抛在脑后，无法拂开那恍如小鸟般一直停留在肩膀上的无形重量。

看着餐厅里的巨幅油画，孔澄更觉得全世界都在跟她作敌。

自己仿佛被某个阴谋重重包围着。

阿毕按着摄影机的快门，镁光灯一眨，刺眼的强光让孔澄不禁皱起眉头。

在白晃晃的光影里，一瞬间，睡莲油画的影像清晰地再次闪现在孔澄眼前。

没有尽头的幽绿。

孔澄拼命眨着眼睛。

镁光灯再次眨动。

油画以更大特写的姿态映现在孔澄眼底。

在层层叠叠的阴绿树影中，有一团像黑痣般的暗影，在缓缓移动。

镇光灯再次眨动。

孔澄觉得自己的灵魂，恍如脱离了躯壳，穿越时空，飘浮在古董店的天花板上。

"救我。"

镇光灯再次眨动。

孔澄呆呆地张开嘴。

在令人目眩的强光中，油画的影像在孔澄眼底重复眨动。

"救我。"

孔澄的嘴巴茫然地张合着，却无法发出声音。

那一瞬，她才终于明白了。

"救我。"那不是由她的意志发出的声音，是画里的人，在向她呼喊。

049

孔澄闭上眼睛。

"你看得见我，你听得见我，是吗？"

一把低沉的男声清晰地钻进孔澄耳里，如一股冷风飕飕拂过她耳畔。

孔澄掩着嘴睁大惊愕的眼瞳。

"救我！"

低沉的男声割破时空，震动着空气的翅膀，如伸出长长的手臂钻进她的耳膜里，直揪着她鼓动的心脏。

离开餐厅，孔澄召来出租车，向司机说出古董店的街道名后，软瘫地靠进座椅里，无意识地干瞪着车窗外快速流过的风景。

"喂，是这里吧？"

出租车不知什么时候已停在古董店门前。司机一脸不耐烦地回过头来，粗声粗气地嚷。

"啊。"孔澄神不守舍地付过车资跳下车，推开古董店的门，叫巫马的男人一脸百无聊赖地坐在咖啡座的椅子上。

"嗨。"巫马扬起眉毛。

孔澄不知应该怎么解读巫马掀起嘴角露出的淡淡笑容。

孔澄心慌意乱，结结巴巴地开口：

"你答应过把那幅油画送给我，是吗？"

"嗯？"

巫马眯着眼睛站起来，微弯下高大的身躯探视着孔澄的表情。

"哦，那幅油画。"

巫马敲敲额头。

"君子一诺千金，特别是对孔小澄你这样可爱的小女生，我绝对不会食言。"

巫马夸张地模仿起电影中的古代欧洲绅士，面对淑女时作出的躬身敬礼。

怎么这个男人就是这么恬不知耻？除了爸爸妈妈以外，从来没人敢唤她作小澄的。

孔澄忍着满肚子气。

"请你把画交给我。还有，请你告诉我画廊女生的名字。"

孔澄一口气说。

巫马双手插进裤袋里，饶有趣味地看着孔澄。

"你打算做什么呢？"

"我要去问她关于画的事情。"

"嗯？"

"你听我说。"

孔澄有点尴尬地舔舔嘴唇，习惯性地皱皱鼻尖。

"我想她的男友可能已经去世了吧？由于某种原因，他被困在画里面。但这可不是我的责任哦。我与那男人根本毫无关系，为什么那样奇怪的事情要缠上我呢？我只要把画送回给那女孩。她是画的主人吧？里面有什么灵魂的话，也应该是她去伤脑筋的事情。我把画送回给她，事情就完结了。"

孔澄有点上气不接下气地说道。

"画里的人，也会谅解我的吧。"

孔澄畏怯地眨着眼睛，有点心虚地瞄向放在古董店中的睡莲油画。

巫马沉默了半晌后，带点小心翼翼的语气开腔。

"孔小澄，你科幻小说看太多了吧？"

"嗯？"

"画里住着人？"

巫马迈开大步走到油画前，握起拳头敲敲油画。

"喂，有谁住在里面吗？"

巫马一脸忍俊不禁的表情，把耳朵贴近油画倾听着。

"欸？没有人回答我哦。"

巫马摊摊手，露出苦恼的表情看着孔澄。

"我不是在开玩笑的。"孔澄低喊，"就是因为你这间鬼店子在这里，我才会遇上那样莫名其妙的事情。一切都是你害的。"

孔澄按捺着心里的无助和惊恐，以撒野的口吻嚷嚷。

"都是我害的？"

巫马煞有介事地以严肃认真的表情敲敲额头。

"那我倒要好好负起责任才行了。"

"你以为我神经错乱，是吗？"

巫马摊摊手。

"我在这里可是闷得发慌，可以的话，也很想认识住在画里的人哪。"巫马半开玩笑半认真地说。

"你、你就当我是疯子好了。画廊的女生到底叫什么名字？只要告诉我这个和把画交给我就好了。"

"姜望月。"巫马忽然干脆地回答。

"嗯？"

"她的名字是姜望月。"

巫马看看腕表，晚上七点稍过。

"应该还没有下班吧。要找她的话，画廊就在与这条街道平行的上一条小街。走路五分钟就到了。"

巫马干脆地回应，教孔澄怔住了。

巫马举起睡莲油画，一把塞进孔澄手里。

"这画就送给你，随你处置。"巫马爽快地说。

孔澄忽然感到事有蹊跷。

再一次见面，更觉这男人似曾相识。

"你、你到底为什么那么容易就把画送我？"孔澄讷讷地问。

"我是孔小澄的粉丝呀。像你这样奇怪的女孩，实在很有意思。"

巫马还是嬉皮笑脸的表情。

"我们曾经在哪儿碰过面，是吗？"孔澄终于按捺不住心里的疑惑，直截了当地问。

巫马皱皱眉，露出认真沉思的表情，深邃的眼眸闪动着无法解读的光芒。

053

"我想，"巫马突然煞有介事般，缓慢地说，"那或许是上辈子的事情吧？"

"嗯？"

"或许我们在上辈子曾经遇见过吧。"

巫马朝孔澄眨眨眼睛，然后一脸严肃的表情，专注地看着孔澄的眼眸。

孔澄茫然地眨着眼睛，弄不清这男人到底是在寻她开心，还是真的洞悉前世今生的事情。

孔澄纳闷地从巫马手上接过油画。

"谢谢你这么慷慨。以后不会再麻烦你了。"

孔澄皱起眉头，瞪视着巫马的侧脸。

"一点也不麻烦呀。"

巫马笑眯眯地望向孔澄。

"赶快去吧，画廊快要关门了。"

巫马又一脸认真地垂下眼帘看腕表。

孔澄疑惑地盯视着这似熟悉又陌生的男人的脸。

"你是在作弄我，是吧？"孔澄叹口气，"由始至终，你一直把我当作疯子。"

不知为什么，孔澄突然感到有点寂寞。

巫马耸耸肩。

"难得有女孩来我这间郁闷的店里搞搞气氛呀。"巫马拍拍手，"画里住着人，真是个好点子。欢迎你随时再来玩，那画就送你了。"

巫马笑着举起两根指头，朝孔澄来个敬礼。

孔澄垂下肩膊，苦笑着走向古董店门口，拉开淡茶色玻璃门。

大门上的风铃再次敲起叮铃叮铃的声音，像再次敲响着她脑海里沉睡的发条。

在暮色四合的天空下，孔澄有点吃力地抱着油画，一步一步走上更宁静的小街。

昏黄的街灯映照着有点寂寥的街道。

孔澄抬起头来，一眼便看见了画廊的招牌。

湛蓝色的铁制招牌上，以黄色油漆工整地印上"望月画廊"

四个大字。

"月"字呈弯月形状，一个姿态活泼的小天使肖像骑在那抹弯月上。

悬垂式的招牌随晚风轻轻摇荡。

因为先入为主的想法吧，孔澄还以为画赝画的男生是个穷艺术家，姜望月是在画廊打工的女生，没想过她会是画廊的女主人。

孔澄驻足伫立在画廊门前。

画廊正面是一片落地玻璃，室内三面皆是刷白的墙壁，每面墙壁上只挂着两幅大型油画。

看似是越南画家所描绘的乡村风貌，每幅画的用色皆浓郁明亮。穿着白色长纱裙、戴着尖顶草织帽的婀娜女孩身影，或倚在结满鲜红果实的树下攀谈，或在黄叶飞舞的天空下，在河畔洗着衣服……每一幅油画，皆描绘出乡间闲适悠然的风景。

孔澄的眼光落在正面朝向画廊门口，站着在谈话的两个女生身上。

两个女生看上去都很年轻。站在左边身形较高的女生留着一头及肩直发，穿着优雅的深蓝喀什米尔高领毛衣与灰色呢绒长裙，蓝色毛衣上挂着感觉高雅的钻石链坠。

右边的女生打扮带点中性，像男孩般熨贴的短发，尖细的脸上架着款式时尚的粗黑框眼镜，黑色 V 领毛衣配搭闪着光泽的黑缎长裤。

孔澄直觉地把视线投向左边的女生身上。

女生的脸孔略带棱角，淡淡的眉毛下是一双细长闪亮的眼眸，说话时表情生动，细长的眼眸眯起成弯月形状，直挺的秀气鼻梁，线条略宽的嘴唇呈心形微微向上翘起。

女生像感应到孔澄的视线般转过脸来望向街外，视线掠过孔澄的脸，停留在她挟在腋下的油画上。

孔澄深呼吸一下，推开画廊的玻璃门。

姜望月挂着微笑，抬起无邪的眼眸看向孔澄。

孔澄抬了抬手上的油画，迎着那灿烂的笑容走向前，却没有发现，自己正一步一步，坠入改变二人命运的陷阱。

Chapter 3　黑色剪影

"我想找姜望月小姐。"孔澄开门见山地说。

左边的女生露出微笑，弯月形眼眸闪着迷人的光彩。

"唤我望月吧。"

望月亲切地望向孔澄。

"朋友介绍你来卖画的吗？"

孔澄感到口干舌燥，尴尬地清清喉咙。

"方便的话，可以私下和你谈谈吗？"

望月露出稍微讶异的表情，但依旧和煦地笑着。

或许不是第一次遇到刁钻古怪，把寄卖的画当成是宝物的客人吧？

"那我先下班了，你们慢慢谈。"短发女生机灵地说道。

"那我们进会客室里谈吧。"

望月打开背后白色墙壁最右方隐蔽式的门，示意孔澄和她一起进入里面。

孔澄跟随望月走进宽敞的会客室。

约二百平方英尺的地方铺着厚厚的杏色地毯。后方是两组花梨木制的书桌和椅子。前方简洁地放置着两组淡青色双人沙发，中间隔着一张流线型玻璃茶几。

"请坐。"望月指指其中一组沙发。

望月走向沙发背后的倚墙木柜，端起用草织篮子盛载着的天蓝色茶具放置到玻璃茶几上。

"刚刚才泡的茶。"

望月半跪在地毯上，在篮子中拿起火柴盒，擦亮火柴，微俯下脸，在像蜡烛台般的陶瓷架上点燃蜡烛，把天蓝色茶壶放在陶瓷架上温热。

那一连串动作无比优雅，教同样身为女性的孔澄感到汗颜。

望月以文静的姿势坐在孔澄对面的沙发。

"还没有请教姓名？"

"孔澄。"

孔澄有点慌乱地点头打招呼。

"孔小姐。"

"唤我阿澄好了。"

望月笑着点头。

"是谁介绍你来的吗？"

望月像随意地打开话匣子。

孔澄坐直身体，神经质地拉拉白色高领毛衣的领口。

"嗯，是古董店姓巫马的男人。"

"啊，巫马吗？"

望月丝毫没有防备地露出高兴的笑容。

"画是你画的？"望月亲切地问，看看孔澄仍像宝贝般抱在胸前的画架。

孔澄摇头。

"我，"孔澄紧张地舐着唇，"我其实是来把这个归还给你的。"

孔澄下定决心，一鼓作气地翻转手上的画。

望月的笑容瞬间冻结了，像看见不祥之物般别过脸。她紧抿着嘴唇，右手修长的手指带点神经质地抓着灰色呢绒长裙。

"这是怎么回事？"半晌后，望月垂下眼帘问，声音几若无闻。

"恕我唐突地问，画这幅画的人，已经过世了吧？"

望月放在膝盖上的手变成拳头紧握着。

"是巫马告诉你的？是他要你把画还我的？"

望月突如其来的问题，教孔澄措手不及。

巫马不是含含糊糊地说他不清楚望月男友的事情吗？

但从望月的表情看来，巫马似乎对事情的底细一清二楚。

到底葫芦里在卖什么药？孔澄快要被那个大话连篇的男人气疯了。

"不是巫马的主意。但我必须把画交还给你，这是很重要的事情。"

孔澄知道自己的说话完全没有条理，舌头也打结了。

要怎么说明那不可思议的感应呢？

望月露出一脸不解的表情疑惑地望向孔澄。

"这画对我已经不重要了。我不明白你在说什么。"

望月以带点幽怨的眼神瞪着孔澄。

"我只知道画这幅画的人是你的男朋友。我猜想他可能过世了，是吗？"孔澄重复地问。

"已经是一年前的事了。我不明白你为什么要旧事重提。我根本不认识你。"

望月以一脸倔强的表情瞪着孔澄。

出乎孔澄意料之外，提起旧男友身故的事情，望月丝毫没有流露伤感，相反地，那紧绷的五官，透着愤恨的神色。

"你恨他？"孔澄一脸意外。

望月定定地瞅着孔澄。

"你认识徐天立，你和他交往过，是吗？"望月忽然冷冷地问。

突如其来的质问，教孔澄完全呆住了。

她到底想到哪儿去了？

"我早想过会有这样的事情。油画的事，不过是借口吧？你想看看徐天立为了什么女人送掉了性命？我可不是动物园里的动物。"刚才温柔沉着的望月，像换了一副脸孔般激动地嚷。

孔澄讷讷地不知如何反应。

"天立除了我以外，一定还有别的女人。我一早便感觉到了，在很久以前便感觉到了。他的心除了我以外，一定还有别人，所以才会对我那么不在乎。"

"但你刚才不是说，他为你送了性命吗？他是为了救你而死的？"

孔澄不解地皱起眉头。

望月用双手捂着耳朵大力摇头。

"他才不是为了我，他根本从来就没有真心爱过我。那垃圾车没有把我轧死，却把突然跑出来的他轧死了。只是一场意外。天立才不会为我送命。绝对不会。天立不是因为我而死的，不是因为我。"

泪水从望月清灵的眼眸滚落。

"我恨徐天立，我恨他啊。他怎么可以那样自私地留下我一个人死去？如果真爱我的话，就不会在我眼前血肉模糊地死掉吧？他根本不爱我，我才不要为他每天以泪洗面，像行尸走肉地活在地狱中。我好不容易才抛开了他的事情，好不容易才把他彻底忘记了。你为什么要把那幅画拿回来，为什么？"望月歇斯底里地嚷。

"你根本就没有忘记他。"

孔澄凝视着望月滑过脸庞的晶莹泪滴。

"你只是无法承受自己活下来而他却为你牺牲的内疚感，因为无法忍受那样的精神折磨，所以你要自己忘记他，自欺欺人地骗自己你们两人的爱情从不曾存在。那会让你好过点，是吗？"

望月摇头，说："你根本什么也不明白。徐天立从来就没说过爱我，只是我一厢情愿地缠着他，然后他却丢下我死了。我不会原谅他。我恨他。没有比他更可恶、更狡猾的人了。"

"死亡可不是我们的意志能控制的啊。你因为这样而恨他吗？"孔澄匪夷所思地瞪大眼睛，"你只是在逃避吧？"

"不要说，我不想听。"望月更大力地捂着耳朵。

"无法坦诚面对心里的创伤，那创伤是永不会过去的。"孔澄紧锁眉心，静静地说。

望月不断摇头，不断用手背拭擦糊了一脸的泪水，抽动的胸口慢慢平复下来。

"你误会了，我的伤痛早就平复了。"

望月吸吸鼻子，倔强地开口。

"我现在有很要好的男朋友。他比谁都疼惜我，更让我开了这间画廊，让我过着舒适无忧的生活。你是谁也好，徐天立的事情已经与我再不相干了。我不想再回头看以往的一切。"望月像力持镇静地合着双掌，缓慢地，像要努力说服自己似的说。

一瞬间，望月注视着睡莲油画的眼神像梦游般失去焦点。那眼眸里掠过一丝温柔，但随即又变回冷硬漠然。

"原谅我刚才的失态。孔澄小姐，请你带着这幅画离开吧。我真的不想再看见天立的画。"

"不，你不明白。"

孔澄咬着唇，着急地抓起望月的手放在油画上。

"你感应到什么吗？"

孔澄气急败坏地探视望月的脸。

望月满脸不解地抽掉孔澄紧握她的手，有点发痛地搓揉着。

"你到底在说什么？"

望月用一脸匪夷所思的表情瞪着孔澄。

孔澄的心不断往下沉。

姜望月应该是与徐天立最亲密的人。她也是这幅画最后的主人。但为什么，为什么她感应不到？

为什么只有自己听到那男人绝望的呼唤？

孔澄调整急促的呼吸，尝试以最冷静的语气解释。

"这幅画里面，有很重要的东西。对你来说，具有深刻意义的东西。"孔澄顿了顿，"我无法聪明地把话说得明白。但是，请你把这幅画留在身边。我也不了解为什么，但只感觉到这是很重要的事情。刚才画在我手里还是沉甸甸的，但愈接近你的画廊，画的重量便一点一点地变轻了。"

孔澄蓦地停下来。如果一直絮絮不休地说着那样的话，望月只会把她看成疯子吧？孔澄努力整理思绪，将心中的感应以较现实的方式说出来。

"我无法向你解释为什么，但这幅画……"

孔澄想起巫马对画中"灵魂"的比喻。

"你是干艺术的人，你也相信艺术作品是拥有灵魂的吧？就请你这样想，这幅画的灵魂想一直陪伴在你身旁。那是相当重要的事情，连接着过去和未来的事情，你必须把它留在身边。"

孔澄以坚定的语气说完，定定地凝视着望月。

自己竟然说出像冥感者似的话来，孔澄自己也吃了一惊。但刹那间，又有舒一口气的感觉。

自己的任务已达成了吧？

只要把这幅画还给姜望月就行了吧？

那灵魂为什么会被困在画中，要怎么解救那被困的灵魂，已不是她能力可逮的事情。

一切一切不可思议的纠葛，是望月和天立之间未了的因缘。

她原本就是局外人，从此可以置身事外了吧？

望月怔怔地瞪着孔澄的脸，像无法理解孔澄如波浪泡沫般虚幻的语言。

孔澄懦弱地逃也似的站起来。

"我是来把这画归还给你的，就只是这样。"

孔澄一心只想从此逃离黑暗的旋涡，挣脱那强而有力地想捉紧她的无形手臂。

"原谅我这样冒昧来访。但是，请你相信我，你绝不可以抛弃这幅画。我只知道这是相当重要的事情。"

孔澄在望月迷惘的目光中站起来。

"这是在开玩笑吗？你到底是谁？"

望月像完全无法理解孔澄的话。

孔澄苦笑。当然，她说的根本不是世间的语言，而是从另一个空间撷摘下来的话语。

"我也弄不明白这一切。但是，我想……或许你和徐天立，还有未完成的命运吧。"孔澄微偏着头，思忖着说。

那时候，孔澄却没有预料到，这幅画，不只牵连着徐天立和姜望月的过去和未来，还有她的宿命。

一个月后

孔澄用筷子夹起鲔鱼片放在韩式烧烤炉上，在鲔鱼片上撒上黑胡椒粉。

"这里好挤呀，我们还是搬回屋里吃吧？"

康怀华鼓着腮帮，在狭窄的铝质椅子上挪动身体。

"你乖乖坐好。人家特地招待你来吃入伙宴，所有食物都是我张罗的，你大小姐就只会抱起双臂埋怨。"

孔澄把烤得五分熟的鲔鱼片放进康怀华的纸碟里。

"不就是从超市直接买回来的东西吗？"

康怀华把娃娃型短直发撩至耳后，高兴地开始攻击鲔鱼片。

"就是为了这个小阳台，我才多付了一千元月租呀。对街另一个没阳台的房子便宜多了。"

孔澄大口喝着罐装啤酒。

"就是你这种不切实际的人最好骗。这样一个小阳台怎么值一千元租金？"

康怀华翻翻白眼，环视半月形的迷你阳台。要放下小桌和椅子让两个人共进烛光晚餐，实在挤得很勉强。

"这里情调不知多棒，不过用在你身上可说是对牛弹琴。"

孔澄瞪着康怀华精致的娃娃脸。

"孔小澄，你不觉得两个女子这样吃月光晚餐蛮悲惨的吗？"康怀华嘴里说着，却把香肠和干贝一个劲儿往烧烤炉上放。

"喂，看在你是我小学同学的情分上由得你。大庭广众时，可不要叫我孔小澄哟，我会捏死你。"

"小澄的名字比较适合你呀。"

孔澄忽然想起有谁也说过类似的话。对，就是那个大话连篇的不祥男人。

"最近有没有遇上好男人？"康怀华一边啜着啤酒一边扬起眉毛问。

刚刚在想着巫马，孔澄有点心虚似的涨红了脸。

"好男人没有遇上，前阵子倒是发生过倒霉的怪诞事情。"孔澄停下手上的筷子，若有所思地说。

"嗯？"

"已经是一个多月前的事啦。好像发了一场噩梦那样。"孔澄欲言又止，"康怀华，我有点担心自己神经错乱。"

"神经错乱的人应该不会有这么好的食欲啦。"

康怀华指指孔澄碟上堆放着的香肠和牛排。

"我是说真的。"孔澄露出认真的表情，"前阵子发生了不得了的事情。你答应我要相信我的话，就告诉你。"

"信信信，快说。"康怀华一脸八卦的表情。

"简单地说，我听见了一个陌生男人的声音。他被困在一幅画里面，想要谁去拯救他。"孔澄一口气地说。

康怀华失望地拉下脸。

"孔小澄，晚上不要又翻看你那些奇怪的电影收藏啦。这世界上没有隐形人呀、飞天扫帚、科学怪人的。你已经二十六岁了呀。难怪男人都被你吓跑了。"

孔澄拉拉胡乱套在头顶上的橡皮筋头带,忽然没有了食欲。

就知道说出来谁也不会相信的。

连自己都觉得只是一场梦，也希望那只是一场梦。

这些日子以来，孔澄再也不敢走近古董店。

不过，幸好一切都过去了。

孔澄站起来，走进客厅里的开放式厨房，拿起一颗橙味珍宝珠，拆开包装纸放进嘴里。

"喂，在吃饭呀，你不要吃甜食好不好？"康怀华在阳台那边嚷。

"我中场休息。"

孔澄一边搔着小腿被蚊子咬的痒处，一边走回阳台倚着门扉享用珍宝珠。

康怀华一边咬着鸡翅，一边挑起眉望向孔澄身上起毛球的残旧灰色运动衫裤，头上那橙色橡皮筋头带和脚上的桃红色暖袜套。

如果康怀华没有记错的话，头带和暖袜套是中学家政课时的劳作服。这样想起来，有超过十年历史了吧。

"喂，孔小澄，虽然我和你很熟，但你也穿得像样点。把那土里土气的橡皮筋头带拿掉嘛。"

"头发掉下来的话刺着眼睛很烦哟。放心，我又不会这副打扮上街。"孔澄朝康怀华干瞪眼。

"这时候如果突然有男生来找你怎么办？"康怀华眨着眼睛，"一定什么兴致都跑掉啦。"

"你说会不会有那样的人呢？"

孔澄没好气地大力咬着珍宝珠。

"因为你根本没张开眼睛去找。只会看书和看电影的话，男朋友是不会从书本或荧幕跑出来的。"康怀华看看孔澄客厅地上堆起的漫画、小说和电影光碟。

孔澄忽然惊叫起来。

"怎么了？"康怀华被她吓得跳起来。

"你看了这期的星座占卜没有？"

孔澄像小狗般趴在客厅的木地板上，左穿右插地翻找着杂志。

"喂喂，这个呀。"

孔澄兴奋地跳起来，快速翻着杂志内页。

"你看你看，星座说我这个月会出现影响一生的大转机哦。还有，会遇上最重要的人。"

孔澄双眼发亮地抱着杂志。

"说不定，我会领先你和饶进的爱情长跑，比康怀华你还要早嫁出去哟。"

孔澄一个劲地傻笑。

康怀华没好气地望向阳台外，低声自言自语："二十六岁连初恋对象也还没有的人，要怎么嫁出去？"

"你说什么？"

康怀华回过头来扮个鬼脸。

"你今年就争争气，除掉'望夫石'的花名吧。"

由中学时代开始，孔澄就被同学们戏称作"望夫石"，因为她初中时写了一篇周记，说自己最大的志愿是当新娘。

在这无垠的宇宙里，只有一个唯一的人，等待着与她邂逅。然后，她会成为那人的新娘。

自己来到世上，只为了寻找那个人，与他再次重逢。

"宁缺毋滥，我等待了二十六年的夫君，或许已经近在咫尺了。"孔澄抱着杂志，脸不红气不喘，理直气壮地说。

康怀华笑得喘不过气来。

孔澄不服气地啜着珍宝珠，抬眼望向阳台上的天空。

夜空中挂着如圆规画出来般工整漂亮的圆月。

孔澄不自觉地皱了皱眉，失神地凝视着那轮寂寞的冷月。

孔澄低着头走在商店街的屋檐下。

雨淅沥沥沥地打在商店的铁皮屋檐上。

孔澄抬头看看黑压压的天空，自然地加快脚步。

下午做完日本料理店的采访，和小毕分手后，孔澄在唱片店流连了一会儿，买了平井坚的新唱片 *Life is...*，一边哼着《古老大钟》的音韵，一边走出唱片店时，天空开始飘下雨丝。

最初只是毛毛细雨，但雨滴愈来愈大颗。商店街高楼之间的缝隙，划过寂静无声的细白闪电，暴风雨眼看就要来临。

孔澄翻起卡其风衣的衣领，半跑着来到百货大楼的入口大堂避雨。

孔澄拍拍衣袖上的水滴，抚抚被雨滴沾湿了的短发。

正值下班时间，百货大楼门口挤满了避雨和等候与别人约会的人们。

孔澄也不甘人后地伸长脖子，看看腕表，装出一副在等人的心急模样。

那是孔澄消磨一个人的无聊时间的玩意儿之一。

孔澄踮高脚，把视线放至远街。

那样玩着角色扮演游戏的时候，一瞬间，会产生自己真的在等待什么重要的人的错觉。

那个人，好像随时会穿越黑压压的人群走出来，站立在自己跟前，以坚定的目光直视自己。

那个自己一直在等待的人。

"孔小澄。"

一把男声把孔澄唤回现实世界。

"这不是孔小澄吗？"

撑着黑色大伞的巫马站立在雨中，与站在百货大楼入口的孔澄相对而立。

"嘘。"孔澄涨红了脸。

"在避雨吗？"巫马问。

"我、我在等人。"

孔澄伸长脖子，装作在遥看对街搜寻某人的身影。

"哦，是吗？难得偶遇，还想请你喝杯咖啡。"巫马神情自然地说。

孔澄皱皱眉，心里暗忖，谁要和你喝咖啡嘛。

巫马背向光线站着，脸孔显得有点阴暗，看不清脸上的表情。

"那么，我先走了。"巫马说。

孔澄像很高兴能摆脱他似的摆摆手。

巫马停住身，但突然又像想起什么似的回过头来。

"啊，差点忘了告诉你，望月把画送回来了。"巫马像漫不经心似的说。

"嗯？"

"害我还被望月骂了。她以为把画送回给她是我的主意。"

"你明明和望月很熟稔是吧？却骗我说不知道她男朋友的事情。我还没有向你抱怨，你倒来跟我抱怨了吗？"孔澄愤愤地嚷。

巫马耸耸肩，没有作出正面回答。

"总而言之，那幅画我已经送给你，是你的东西。改天过来拿走吧。"巫马理所当然地说。

"什么？"孔澄惊讶地张着嘴。

"那已经变成你的东西。"巫马像强调什么似的重复说。

"什么我的东西？"孔澄情急地嚷，"那是姜望月的东西。"

"是吗？"

巫马掀起嘴角，露出像带嘲弄意味的笑容。

"真的是那样吗？"

一道白色闪电划过巫马背后的天空。

巫马的脸，在灰色的光影中显得阴晴不定。

天空突然响起闷雷，轰隆一声，震动大地。

巫马黑漆漆的眼眸，看似深不可测。

与那个堆着沙皮狗笑脸的男人感觉判若两人。

孔澄倒吸一口气。

"你已经打开了潘多拉的盒子，没法那么简单地重新把盒子合上，背过身去。由你自己开始的事情，自己好好去把它结束。你看！"

巫马的嘴唇并没有移动，但是，他的声音，却清楚地传送进孔澄的耳孔里。

孔澄茫然地循巫马的视线转过脸，望向街上黑压压的人丛。

街上所有人同一时间回过脸来，朝孔澄怒目而视。

所有的人，都长着同一张脸孔。

略带忧郁的阴暗脸孔。

虽然从未碰面，孔澄却知道，那是徐天立的脸孔。

"救我。只有你听得到，不是吗？"

数百个徐天立以灼热的视线盯着她。

孔澄惊慌地猛眨着眼睛。

一瞬间，市街的人群又回复正常的流动。

"刚才是你跟我说话吗？"

孔澄怯怯地抬起脸看着巫马。

巫马扬起眉毛，一脸困惑地回望孔澄。

"说什么？我都没机会开口，因为你一直在发愣。"

"啊。嗯。是吗？"

孔澄惊慌失措地点头。

"这个，"巫马把黑色雨伞塞进孔澄手里，"拿着吧。"

孔澄脑海里一片混乱，呆呆地拿着雨伞。

"那我先走了。"

巫马背转身走进暴雨里，转瞬消失在纷扰的人群中。

孔澄怀着忐忑的心情再次来到望月画廊。

自己为什么会遇上那么倒霉的事情？

还以为一切已经过去了。

那个叫徐天立的陌生男人，为什么就是缠着她不放？

不，那是徐天立的灵魂吧？孔澄全身起了鸡皮疙瘩。

但是，假如望月仍坚持不肯收回油画的话，即使在巫马那儿取回油画也是枉然。

自己到底为什么要无辜地被卷进这么莫名其妙的事情？

孔澄无意识地叹口气。

七点四十分。冬日的天空已完全暗下来。

孔澄在画廊对街挑了个街灯照射不到的阴暗角落站着。

小街上其余的家具店、精品店和花店都已关门，只有望月画廊仍流泻出灯光。

孔澄摩擦着冰冻的手掌吐一口气。

自己到底要怎么办才好？

从落地玻璃看进去，望月和一个男人态度亲昵地轻声细语。

从二人交谈的气氛看来，俨如一对情侣。

孔澄想起了望月的话。

这就是支持她经营画廊的男人吧？

男人比孔澄想象中年轻得多，看起来只有二十七八岁的模样，而且长得很帅。

线条柔美的脸孔，令孔澄联想起意大利的艺术雕像。

不浓不淡的眉毛下是一双略带棱角的眼睛，眼眸深处透着慧黠温柔的神采，嘴唇及下巴一带有浅浅的络腮胡，让那俊美的脸加添了一分英气。

充满魅力，令人自然地深具好感的男人。

孔澄目眩地看着在玻璃另一端的俊男美女构成的幸福图画。

男人在望月脸上轻吻一下，推开后面办公室的门走了进去。

画廊陈列室里只剩下望月。

可能是在等待来取画的客人吧？望月在左侧白墙上取下其中一幅越南乡间风景画，小心翼翼地倚放在墙上，退后几步，有点恋恋不舍地看着画中风景。

孔澄用手掌摩擦着被冷风吹得刺痛的双颊。

或许，自己并没有权利剥夺望月现在拥有的宁静和幸福。

她一定是熬过了无数个无眠及以泪洗脸的夜晚，才能站起来重新开始的吧。

而且，陪伴着她重新开始的，看起来是个相当出色的男人。

和徐天立的一切毕竟已是昨日之事。

与其迷失在没有出口的过去，倒不如抓紧眼前人。

到底要怎么办才好？

画中的呼唤，无法置之不理，却让她进退维谷。

孔澄轻轻叹气。

还是算了吧。或许向报社申请今年的年假，到阳光充沛的热带地方晒晒太阳，逃离这莫名其妙地发生的一切。

孔澄别过脸，刚想举步离去，然而，却隐约感到有点不对劲的地方。

一股寒意自脊梁爬升。

孔澄神经质地眨着眼睛，犹豫地回过脸。

孔澄张开嘴却无法发出声音，只是愣愣地瞪着在画廊天花射灯映照下，望月投射在白墙上的影子。

从望月脚踝间拖曳至背后白墙上的黑影，并没有如实地映照出望月纤秀的轮廓。

在灯影中，拖在她背后那长长的影子，是一个男人的剪影。

那巨大的黑色剪影，紧紧贴在望月背后。

望月却无知无觉地面露微笑，凝视着眼前的油画。

孔澄的身体不由自主地往后退，碰上了冷硬的电灯柱。

孔澄反射性地回过头去，在街灯照射下，地上拖曳着自己长长的黑影。

孔澄差点神经质地惊呼出声，慌忙掩着嘴巴。

地上的影子也仿效她掩着嘴巴。

孔澄呼一口气。那确是自己的影子没错。

但不知是否因为从没仔细考究看过自己的影子，突然觉得这个像尾巴般紧贴自己的影子极其陌生。

就像是活在另一个世界，拥有独立意志的诡异生物。

只是一直带着嘲弄的邪恶笑容仿效她的一举一动。

孔澄心里悚然一惊。

到底想到哪儿去了？冷静下来，冷静下来。

孔澄甩甩头，影子也甩甩头。

孔澄深呼吸再深呼吸。

那确是自己的影子，是正常的物理现象。孔澄在心里不断喃喃念着。

同样地，望月的影子怎会变成男人的黑色剪影？

刚才出现的是幻觉吧？一定是杯弓蛇影的幻觉。

孔澄闭上眼睛再张开，怯怯地，缓慢地转过脸，再次望向画廊中的望月。

然而，那并不是幻觉。

巨大的男人黑色剪影，仍阴森森地依附在望月背后。

Chapter 4　催眠师的眼睛

孔澄神不守舍地回家，在家门迎接她的，是静静地倚在门前的睡莲油画。

是巫马的杰作吧？

为什么硬是要把这幅画塞给她？

孔澄抱着头蹲在地上，目不转睛地盯着画中风景。

幽绿的树群与垂柳。

在暗绿池水中沉睡的莲花。

绿色拱桥上，缓缓游移，像黑痣般的暗影。

那暗影，在孔澄看来，好像变得愈来愈清晰了。

原先必须凝神细看，像污渍般的小黑点，轮廓愈来愈鲜明，宛如小人国的人儿在那儿漫行着。

"救我。"小人儿发出微弱的声音向孔澄呼喊。

寒冰般的空气在四周卷起。

孔澄疲惫地用双手捂着脸。

为什么自己不能置身事外？

孔澄按着酸软的膝盖站起来，掏出钥匙打开门，小心翼翼地抱起油画走进客厅。

把油画倚放在粉蓝色的双人沙发座上，她软瘫地跌坐地上。

不知那样呆呆盯着画中小人儿多久，孔澄揉着因不曾改变姿势而变得酸痛的脖子。

"对不起，我不知道我到底能做什么啊。"

孔澄双手合十，朝画中的小人儿喃喃地念。

这一切一定是个噩梦吧？

明天醒来，一切就会结束了。

这画会消失无踪。一切不过是个冗长奇异的梦境。

孔澄像逃避什么似的，蹒跚地站起来。

拜托拜托，就让这一切只是梦境吧。倦极地爬上睡床时，孔澄仍在心里念着。

第一次独居，孔澄现在每天晚上还要亮着床头灯才能安心入睡。

从小时候就是个胆小鬼的她，为什么会遇上这种事？

孔澄把手伸向床畔桃木小几上的水晶灯，拉动开关的珠链。

水晶灯散发出安静的光芒，柔柔地包围着她。

整个晚上辗转反侧无法成眠，孔澄天还未亮便起来煮咖啡。

噩梦并没有过去。

她一直回避，不看沙发上的油画。

为了转移思绪，孔澄罕有地下厨做了丰富的早餐。

精细地将洋葱、青椒和红椒切丝，在平底锅里打进鸡蛋浆，加上起司做西班牙蛋卷。

盐和胡椒粉放得太多，油放得太少，用铲子舀起蛋卷的动作太慢。简单而言，蛋卷做得好难吃。

孔澄拿着叉子戳着碟子上的蛋卷，望着窗外灰蒙蒙的天空发愣。

好像又要下雨了。

明明是冬季，怎么三天两头地下雨？

呷了三杯咖啡，才七点稍过。

孔澄慢动作地清洗煎锅和杯碟，用清洁剂把炉灶和流理台抹拭一遍，才八点一刻。

孔澄再也按捺不住，随便套上粗织毛大衣和牛仔裤，抓起钥匙离开家门。

街上路人寥寥可数，古董店门上挂着休息的白色牌子。

只有对街的咖啡店已开始营业，飘散出烘烤面包的香味。

孔澄徒劳地推了推古董店上锁的玻璃门。

退后几步抬起头，可以看见二楼阳台的落地玻璃门敞开着。

孔澄再退后几步，从口袋里掏出一枚一元硬币，朝二楼那个门口掷去。

门口附近可见人影闪动。

孔澄伸长脖子等待。

房子里的人却没有声息。

孔澄皱皱眉，气呼呼地再掏一枚硬币丢掷上去。

明明有人影在门前掠过。

孔澄再抛出第三枚硬币。

穿着翻领粗黑毛线衣和牛仔裤，手里捧着大号盒装牛奶的巫马，慢条斯理地走到阳台。

"如果我不出来，是不是可以抱着猪仔钱箱一直接收你的硬币？"巫马对孔澄清晨来访像丝毫不感讶异，只是嬉皮笑脸地扶着阳台围栏扬声说。

"你下来，我有话跟你说。"孔澄简直被他气炸了。

巫马用手背抹抹嘴上的牛奶泡沫，转身走回屋内。

什么年纪了，早上还喝牛奶？

孔澄不耐烦地走回古董店门前轻轻拍门。

"下次给你配把钥匙好了。"

巫马拉开门，瞄了孔澄像熊猫眼的黑眼圈一眼，收起笑容，朝店内摊摊手。

"进来吧。"

巫马走向咖啡座的角落。

"喝咖啡吗？"

"你不是在喝牛奶？"

"牛奶强身健体，咖啡唤醒脑筋。"

"我喝过了。"孔澄倔倔地答，"我有事情问你。"

"嗯？"巫马气定神闲地坐进椅子里。

"你为什么鬼鬼祟祟地把油画搬来我家里？你为什么会知道我住哪儿？"孔澄气呼呼地问。

"当日可是你来央求我把画送你的。君子一诺千金，送给你就是你的。你的家嘛，我看见你走进转角那大厦不知多少次了。大家是街坊，有什么秘密？你住的楼层，问问大厦管理员就知道了。"

巫马吊儿郎当地跷起二郎腿。孔澄定定地瞪视着他。

"你、你到底是谁？"

"嗯？"巫马夸张地瞪大眼睛，扬了扬眉毛，忽然又像想起什么似的连连点头，"是吗？原来是这样？我没告诉过你我的全名。我姓巫马，单字聪。巫马聪。孔小澄，幸会。"

巫马戏剧性地向孔澄伸出手，孔澄不理睬他。

"你知我不是说这个。"

"你心里想什么，我怎么晓得呢？"

巫马一脸摸不着头脑的神情。

"我会遇上一连串奇怪的事情，一定和你有关。一切都是从这里莫名其妙地开始的。"

孔澄无比认真地说道。

巫马像如梦初醒地敲敲额头。

"啊，你还在说画里住着人的事情吗？"

巫马露出啼笑皆非的表情。

"我把画送给你，可不是因为相信你的话。只是觉得你对那幅画那么着迷，一定会是它合适的主人吧。"

巫马轻轻松松地把一切关系推得一干二净。

"那天在雨中，你跟我说什么打开了潘多拉的盒子，由我开始的一切，必须由我结束，到底是什么意思？"

巫马缓慢地摇头。

"我不记得有说过那样的话哦。我只是邀你去喝咖啡，然后被拒绝了。"

孔澄急得直跺脚。

她依稀觉得这个叫巫马聪的男人握有一切事情的答案。

他才是她不可思议的经历最核心的部分。

但是，为什么他是一切的核心？孔澄又无法说得上来。

跟这个人说话永远也不得要领，总是领着她在迷雾里转。

"那我问你，你明明和望月很熟稔。你们到底是什么关系？"

"这回倒像呷醋小女友般质问我了。我真荣幸。"

孔澄不理他。

"你和望月一定有更深的渊源。我在她面前提起你时，她的反应不像与你只是萍水相逢。"

这回，巫马沉默了一下，像思索着到底应不应该回答，或是，计算着应该透露多少。

"我和她是青梅竹马。"巫马突然说。

"嗯？"孔澄愣住了。这倒是完全出乎她意料之外。

"我们两家人是邻居，从小和她认识，我比她年长，应该说是看着她长大吧。"巫马没有抑扬顿挫地说。

愈是说得轻描淡写，反倒突显出两人关系匪浅。

孔澄瞪着巫马故意装得淡漠的脸。

难道，他也喜欢姜望月？

巫马在这不可思议的事件中，到底扮演着什么角色？是毫无关系的局外人，还是比谁牵连都要深的人？

孔澄第一次发现巫马并非自己想象中，单纯地挂着沙皮狗笑容、百无聊赖的黑店老板。

这个披着羊皮的男人，或许比谁都要危险。

对什么都是说句玩笑话轻轻带过，完全无法猜透他的心思，比谁都要莫测高深。

这个人，到底是朋友还是敌人？

"除了画里的黑影外，我还看见望月的影子被一个男人的剪影依附着。"孔澄试探地说。

巫马深沉的眼眸又闪动着那神秘的光芒。

然而，那只是一瞬间而已。

"这回轮到影子了吗？"

巫马像对孔澄很头疼似的拍拍额头。

"我是不会以为你神经错乱啦，只是觉得你很有趣。不过，连影子都开始恐惧的话真有点不得了。知道什么是'影子恐惧症'吗？"

孔澄眯起眼睛摇摇头。

"是很罕有的精神病啦，'自我恐惧症'的一种。病人会恐惧自己的影子，并产生很多幻象，觉得自己的影子拥有生命和意志，要谋害自己的生命。这可不是说着玩的。得了那样的精神病会相当伤脑筋，无法过正常的生活，因为无论走到哪里，要加害于你的影子都会紧随你身后哟，想甩也甩不掉。不杀死自己的话，便无法杀死那邪恶的影子。如果患了'影子恐惧症'，实在很伤脑筋。"巫马危言耸听地说。

孔澄听得心里发毛。

自己真是精神错乱吗？

孔澄坚定地摇头，说："我不是害怕自己的影子。我是害怕望月的影子会对她不利。"

巫马摊摊手，说："我只是个卖古董的男人哪。虽然日子过得很无聊，也不介意听听可爱女生跟我说有趣的故事，但是，我可是无能为力的。我并不是心理医师。"

孔澄一点也不相信他。是这个男人，诱领她一步步走到无法回头的境地。

"你可以约望月出来谈谈吗？这已经不只是关乎死去的人的灵魂的事情，如果不赶快做点什么的话，我害怕望月的生命也有危险。"

孔澄以毫无惧意的眼神直视着巫马。

一瞬间，巫马眼中好像透出嘉许的神色。

巫马吹着口哨站起来，说："我仍然觉得你说的一切是天方夜谭。不过，我碰巧约了望月和她的男友明晚见面。"

巫马不在乎地耸耸肩。

"你喜欢就一起来吧。"

巫马从牛仔裤袋里掏出香烟，俯下脸点上，缓慢地吐出烟雾后，用夹着香烟的手指揉揉侧额。

孔澄不解地瞪着巫马冷静的侧脸，思忖着：

"巫马聪，你到底是谁？我只是你的棋子，是吧？为了某种原因，你必须解救画里的人和望月，而你选中了我，我不过是你手上的棋子。"

巫马沉默地吐着烟雾，有一刹那，那深邃的眼眸，仿佛流动着忧伤。

"并不是我选的。"

在弥漫的烟雾之中，孔澄仿佛又听到了巫马的声音传进耳膜里。

孔澄惘然地凝视着巫马紧抿着的唇，集中心思拼命抓紧那在空气中划过的无形声波。

"当你第一次踏进古董店里时，已经无法回头了。"

孔澄被巫马静静吐出的烟雾缱绻地包围着。

"有一天，你总会明白一切。"巫马吐出的烟雾"说"。

孔澄心不在焉地回到报社。

最近总是心神恍惚，访问录音储起了一沓，一直没心情整理。

下回报社再精简架构，她准会被裁员。

孔澄冲泡好大杯浓郁咖啡，打开案头的电脑屏幕，插上数码录音机耳筒，开始嘀嘀嗒嗒地敲动着键盘。

今天就一口气把积压的访问稿完成吧。

孔澄收拾心神，投进美食的色香味世界。

工作了超过十个小时，其间虽然与同事去吃午餐用了两个小时，下午茶时间借口帮同事买蛋挞，顺道溜到附近刚开业的商场逛逛又磨蹭了半个小时，哎，还有在互联网上偷偷重看了两集《魔法小忌廉》动画片。但总括而言，今天还是相当努力了。

晚上八点一刻，孔澄关掉电脑，伸个大懒腰，将散乱在案头的十多块珍宝珠包装纸丢进纸篓，收拾东西回家。

回家路上，在便利商店买了新上市的咖喱泡面，孔澄啜着果汁冰条悠闲地踱步回家。

孔澄住的公寓楼是一层一间的十二层大厦，米黄色的大厦外形像饼干盒般狭小扁平。但孔澄喜欢一层一间的清静和隐私。大厦里只住了十二户人家，大部分时间都不会在电梯碰到别人。

孔澄按下密码，打开大厦大堂的铁闸，坐在接待处的管理员李伯跟孔澄点点头。

李伯看上去有六十多岁了，头发花白，瘦削的脸上长着老人斑，细小的眼睛时常给人在打瞌睡的错觉。

孔澄觉得老伯伯到了这个年纪，就应该悠闲在家享享清福，每次看见李伯半打瞌睡在听收音机的模样，心里就有点难受。

不过，说不定是李伯自己喜欢工作吧。

孔澄朝李伯微笑。

"天气预报说明天会下雨哦。"李伯亲切地说。

"今早天色灰蒙蒙的，我还以为今天会下雨呢。"孔澄笑着回答。

李伯所坐的柜台放着款式老旧的收音机、报纸、原子笔和外壳已有点锈蚀的铁皮座台灯。李伯好像也很喜欢研究"马经"①。

孔澄想起今天是赛马日。

"今天有下注吗？"

李伯搔搔头，好脾气地笑。

---

① 关于赛马的报道、分析等文章。

"又把老本都贡献给赛马会了。不过，我也只有这个嗜好呀。"

李伯用布满皱纹的手拍拍案头上的报纸。

"李伯……"

孔澄突然说不下去。在铁皮灯的光影下，李伯投射在墙上的影子慢慢地扭曲变形。

"孔小姐？"

李伯有点讶异地注视着孔澄苍白的脸。

孔澄呆呆地眨着眼睛。

"孔小姐，电梯来了呀。"李伯笑着说。

"嗯。"孔澄呆呆地点头，失神地踏进电梯里。

孔澄把身体软瘫地靠在电梯的铁皮墙上，一颗心像要从胸腔跃出来。

孔澄想起巫马所说的"影子恐惧症"。

自己到底是怎么了？

第二天早上，孔澄再次挂着像熊猫眼般的黑眼圈出门，李伯所坐的位置空着。

在巡楼吧？孔澄一边想一边踏出大厦。

大厦门口停着一辆救护车。街坊们在一旁窃窃细语。

"发生什么事了？"

孔澄问在大厦门口摆档的报贩。

"李伯昨晚去世了。"

大块头的报贩叔叔摸着自己的平头。

"嗯？"

"好像是突然中风。"报贩摇摇头，"昨日还在跟我打赌赛马结果耶。"

孔澄呆呆地看着救护车顶上早已静止不动的红色警示灯。

这天由黄昏开始便刮起大风，挟着毛毛细雨扑打在脸上，走在街上，寒意令人打心里发出抖振。

孔澄看见站立在酒吧转角处等待她的巫马，三步并作两步地走向前。

巫马看见她，将手上的烟蒂丢在地上用鞋跟捺熄，双手插进牛仔裤袋里，不发一语地领先向酒吧走去。

怎么一副扑克脸？孔澄也不知道自己为什么每次见到巫马心里就会生气，鼓起腮帮，闷闷不乐地跟随在他身后。

巫马和孔澄踏进酒吧里时，望月和聂明刚好在酒吧靠墙的位置坐下。

巫马像很熟稔地跟酒保扬了扬手。

"巫马。"望月先看见巫马，笑着举起手，但看见紧随在巫马背后的孔澄，手在半空中僵住了。

"怎么了？"聂明敏锐地察觉了望月的异样。

望月赶忙摇头，说："没事。我只是不知道巫马和朋友一起来。"

"啊。"聂明抬起脸，看了看正向他们走近的男女。

聂明俊美的脸骤然微微变色。望月被孔澄的出现扰乱了心思，丝毫没有察觉他的异样。

聂明以若有所思的专注神情，凝视着一步步走近的巫马。

巫马和孔澄来到桌子前。

聂明有点勉强地挤起自然的微笑站起身。

"你是巫马吧？我常听望月谈起你。"

聂明伸出手与巫马相握。

"聂明，我也想与你见面好久了。"巫马以严肃的表情看着聂明，缓慢地说。

两个男人直视着对方的眼眸，双手互握，空气中仿佛荡漾着微妙的气氛。

"怎么了？你们认识的吗？"

望月讶异地来回看着两个像被磁石摄住般定定地注视着对方的男人。

"怎么会？"

巫马先放开手，打着哈哈笑起来。

"我的朋友孔小澄。"

巫马的手像故作轻佻地搭搭孔澄的肩膊。孔澄瞪了巫马一眼。

"是孔澄。"

聂明收起紧绷的脸孔，恢复自然的神情。

"小澄吗？很好的名字。"

聂明把眼光从巫马脸上移开，向孔澄投以温煦的微笑。

同样的一句话，由聂明口里说出来，效果却完全不一样。

孔澄看着他那令人目眩的眼眸，跟他握手时简直有点心荡神驰。

"你和小澄见过了吧？"巫马没有顾忌地跟望月说。

望月以有点抱怨的眼神瞄瞄巫马，像顾忌着身边的聂明，朝孔澄客气地点头。

巫马和孔澄坐下后，酒保便走过来。巫马和聂明点了掺水威士忌，望月点了红酒，孔澄点了果酒。

酒吧装修得相当有格调，除了大门入口右侧以蓝色玻璃间隔的陈列架上摆满琳琅满目的酒瓶外，另外三面墙壁由天花板至地下均拉着巨大的白色布幔。

天花板角落悬挂着吹风机，人工制造的风，把布幔吹得胀鼓鼓的，像白色的瀑布般奔流着。

椭圆形的桌子间隔远距离地摆放，每张桌子铺上紫罗兰色的丝绒布，放着一组三枚的银制蜡烛台和高矮不一的白色蜡烛。

酒吧里正在播放贝多芬的《月光奏鸣曲》，忧伤的乐韵在空气里静静流泻。

望月和聂明并肩坐在背向白布幔的位置，白布幔上反映着两人的影子。

没有落差的正常影子。

孔澄目不转睛地瞪着那两个黑影。

那天晚上，她在画廊看到的那个令人不寒而栗的男人剪影消失了。

为什么？

孔澄纳闷地垂下脸啜饮着果酒。

那真的只是自己的错觉？

自己是应该住进精神病院的病患吗？

孔澄烦闷地甩甩头。

"已经交往三个月了吧？现在才让我跟鼎鼎大名的聂明见面。"巫马恃熟卖熟，半开玩笑地说。

"什么嘛。"望月好脾气地瞪瞪巫马。

"听望月说，你是从国外回来的？刚回来就找到望月这么好的女孩，还真让人羡慕哦。"巫马又堆起沙皮狗的笑脸，以吊儿郎当的口吻说。

"啊，是我的好运气。刚回来想为新居找幅画作装饰，偶然走进了望月以前工作的画廊。缘分这回事，相当奇妙吧。"

聂明神情自若地回答，但望向巫马的眼神，却仿佛闪过戒备的神色。

"聂明你也喜欢画吗？是收藏家？"巫马扬扬眉毛，注视着聂明的脸孔。

聂明皱皱眉，说："不是。只是碰巧经过那间画廊，看见喜欢的画罢了。对于画我是门外汉，完全没有研究。"

"聂明是做电脑游戏软件设计的。"望月说。

"是吗？"

巫马啜饮着威士忌，从杯子边沿凝视着聂明的脸。

聂明像被他看得不好意思似的微微别过脸，避开巫马炯炯的视线。

这巫马是怎么搞的？看见帅哥被欺负，孔澄心里有点疼惜的感觉。

聂明的脸，实在俊美得让看的人有如堕进梦中的感觉。

遭遇重大创伤的望月会在短时间内接受聂明，也是无可厚非的吧？

聂明那双温柔的眼眸，能令每个女性的心融化。孔澄觉得自己也有点心如鹿撞，神不守舍。

孔澄唰地红了脸。只是个帅哥嘛。实在太丢脸了。

孔澄甩甩头。不，聂明的眼眸，有摄人心魄的魅力，像是催眠师的眼睛。

"聂明今年多少岁了？"巫马忽然唐突地问。

"嗯？"聂明像完全愣住了，久久没有回答。

"问你多少岁呀，怎么在发呆？"望月笑着用手肘推推聂明，"说起来，我也不知道呢。"

明明是很简单的一条问题，一瞬间，聂明脸上却透出完全茫然的表情。

"不会不知道自己的岁数吧？"

巫马打着哈哈，像强调什么似的说，炽热的眼神仍旧盯着聂明的脸。聂明有点不自然地笑起来。

"怎会不知道？不过，我以前一直单身，又不会庆祝生日，今年是三十一或三十二岁，自己也有点迷糊了。"

聂明像勉强挤出明朗的表情。

"奇怪了，你的脸怎么看都只有二十七八岁哦。"巫马又说。

"是吗？"聂明尴尬地笑笑，"我的长相年轻，比较能骗人吧？"

"我听望月说，你好像能看穿别人的心思。她感到寂寞时你总是会来电话，一个人偷偷哭泣时，你又会在她家门外出现。简直是像拥有千里眼和顺风耳的男人。能掌握女性的喜怒哀乐，这样温柔的男人，脸孔又帅，而且事业有成，我想没有女生可以抗拒吧？"

巫马一脸羡慕的表情。

"人家当你是大哥，跟你谈心事，你怎么拿这些来嘲笑聂明了？"

望月没好气地笑瞪巫马一眼。

聂明开始有点坐立不安地在椅子里挪动着身体。

"怎么了？"望月问。

聂明摇头，像想转移话题似的问："望月你和小澄又是怎么认识的？"

望月和孔澄还来不及回答，巫马便以开玩笑的语气说：

"望月把徐天立的画拿来我的古董店寄卖，我跟这小妹妹说过望月和天立的事，她就说望月一定要把去世男友的画留作纪念啦。事不关己还巴巴地跑去把画拿回给望月，是年轻女孩特有的洁癖 吗？"

孔澄狠狠瞪了巫马一眼。

这大话连篇的魔头。什么小妹妹，有洁癖的女孩吗？孔澄真想赏他一记耳光。

"我们跟聂明在喝酒，你不要提天立的事吧？"

孔澄原本是一心一意来这里劝说望月拿回天立的油画的，但甫见聂明，便已晕头转向，完全忘记了自己的任务，倒反埋怨带起话题的巫马。

巫马像对孔澄很失望似的脸朝天花板呼一口气。

"不要紧。天立的事，聂明都知道。"望月静静地说。

孔澄如梦初醒地点头。

当然，聂明就是搀扶着她，带她离开黑暗幽谷的天使吧？把她的创伤温柔地治疗好，给予她幸福的新生。孔澄脸上浮现梦幻的神采，浪漫地想。

然而，聂明的脸色却苍白起来。

"徐天立的画不在你那儿？"

聂明像很震惊似的瞪着望月。望月也被他的激烈反应吓了一跳，有点讷讷地点头。

"那幅睡莲的画，你没有卖那幅吧？"

聂明像深受打击似的揪着望月的手臂。

"我放在巫马那儿。"

望月困惑地看着聂明激动的脸。

"怎么了？有什么问题吗？聂明，我已经和你在一起了。一直抱着天立的画不放，我们永远不能向前走吧？你不是一直跟我说，要好好忘记以前的事，只想我们两人的未来吗？我以为你会高兴的。你对我那么好，我只是想全心全意地回报你。就是天立不原谅我也没有关系。"

望月的眼睛噙满了泪水，委屈地凝视着聂明。

聂明愣愣地瞪着望月的脸，像要掩饰什么似的，霍地站起来。

"对不起，我失陪一会儿。"

"是不是我说错什么话了？"

巫马一脸摸不着头脑的表情，但投向聂明的视线却锐利如刀锋。

聂明深深地看了巫马一眼，向盥洗室的方向走去。

巫马是在妒忌聂明吧？孔澄不由得那样想。

想必他也是喜欢望月，在天立去世以后，刚好以为自己可成为候补，想不到又冒出聂明这个完美的男人。

不过，这样提起天立的事情，说出酸溜溜的话，完全不是男子汉的作为。

孔澄觉得聂明好可怜。

然而，当孔澄抬起眼来时，思绪却完全飞逸逃遁了。

脑里变得一片空白。

望月身后的影子，再次变成了男人的黑色剪影，俯视着，依附着她。

孔澄惊惧地瞥瞥身旁巫马的脸色。

巫马的眼光，也落在望月身后的黑影上，但他只是以没有表情的脸，慢慢地啜饮着威士忌。

在有点尴尬的气氛下，四人在酒吧门外分手。

从盥洗室回来以后，聂明整个晚上显得心不在焉。

巫马没再说奇怪的话，四人聊起不着边际的话题，像哪部上映中的电影好看和哪间餐馆好吃之类的。

令孔澄更不解的是，聂明回座以后，望月的影子又恢复正常。

孔澄的思绪一片混乱。

互相客气地道别后，聂明和望月乘坐出租车离去。

巫马和孔澄的家均在散步可及的距离。

"我还想再去别家喝一杯，你自己回去吧。"

巫马像恼着谁般迈开步伐，朝回家相反的方向踱步。

天空仍下着毛毛细雨，月亮被厚厚的云层覆盖，暗淡无光。

"喂，你和我一样，你也看见那奇怪的影子，是吗？"

孔澄追在巫马身后。巫马停下脚步。

"我不知道你在说什么。"

巫马回转身，双手插进裤袋里望向孔澄。

"啊，"巫马忽然夸张地拍拍额头，"我想起来了。你是在说望月被怪影附身的事情吗？你好像是为了这个要我约望月出来的，说什么要拯救她。我还抱着一丝希望，希望你说的不是天方夜谭，出来等着看好戏。但结果你做了什么？整个晚上，你只是像傻瓜一样瞪着聂明的俊脸而已。"

巫马的语气像开玩笑，却以严厉的眼神直盯着孔澄的脸。

第一次被巫马蛮有气势地盯着，孔澄顿时语塞起来。

巫马严肃的脸，一点也不像沙皮狗，锐利的眼神炯炯发亮，在漆黑中散发光芒。具有男子气概的深刻轮廓，有一股坚毅的气魄与历经世故的沧桑感。

孔澄想起暴风雨那天在闹市中与巫马的偶遇。

街道上无数个徐天立回头瞪着她的那不可思议的景象。

那时候，巫马黑漆漆的眼眸，看似深不可测。

与堆着沙皮狗笑脸的男人宛如判若两人。

这才是巫马聪真正的脸孔吧？

"我知道你和我一样看见了。你问聂明那些莫名其妙的问题，到底是什么意思？"孔澄讷讷地问。

巫马疲倦地揉着脸。

"孔小澄，你其实一点也不愚蠢。所以，不要再问我愚蠢的问题。"

巫马第一次以严肃的表情开口。

"闭上嘴巴，张开眼睛，好好看清楚身边的一切。"

巫马抛下这句莫名其妙的话，夹起香烟转过身，留下呆愣的孔澄，踏着大步走进暗夜的霏雨中。

孔澄颓然在人行道上坐下。

搞什么啊？

巫马的意思其实就是在说自己很蠢吧？

自己到底忽略了什么？没有察觉什么重要的事情？

孔澄不甘心地捂着脸。

才不要被这个莫名其妙的男人看扁。

孔澄努力回想由第一次踏进古董店开始遇上的一连串事件。

睡莲油画发出的呼唤。

恍如拥有生命的画中世界。

在画中缓缓移动，像黑痣般的暗影。

"救我。"徐天立向她呼喊的声音。

徐天立，一年前因车祸去世的画家。

徐天立的灵魂没有进入天堂或地狱，也没有轮回转世。他的灵魂，似乎由于某种不可思议的原因，被囚禁在自己的画作中。

徐天立的恋人姜望月。

孔澄想起望月凝望睡莲油画时的温柔神情。

无论嘴里如何说恨，孔澄觉得望月从未忘记天立，也从未真正恨过他。

她只是无法面对独自存活下来的自己。

否定过去的回忆和爱情，她才能拥有活下去的意志。

而聂明，成为她逃避创伤的避风港。

聂明。在天立去世后适时出现的完美男人。拥有完美的外表和完美的性情，每个女性梦寐以求的恋人。

但是，这世上会有那样完美的人吗？

孔澄紧锁眉心。

在画廊中，看见依附着望月的不祥黑影。那时候，只有望月独自一人。

在酒吧里，那黑影却消失不见了。那时候，聂明和望月并肩而坐。

当聂明离席以后，那巨大的男人黑色剪影，又如影随形地俯视着望月。

孔澄缓缓站起来。

子夜的街道如死城般寂静。

细雨在昏黄的街灯下飘曳。

孔澄回过头去，凝视着自己在背后粗糙石墙上投下的影子。

这影子的世界，到底藏着什么秘密？

孔澄缓缓把手伸向石墙上冰冷润湿的影子。

孔澄把手贴在自己的影子上。

孔澄想起巫马关于"影子恐惧症"的话。如果要杀死谋害自己的邪恶影子，只有杀死自己。

反过来说，活着的人，必须拥有影子。

失去了影子的人，已经失去了生命吧？

孔澄脑海里划过昨夜大厦管理员李伯身后那扭曲变形的黑影。

那时候，李伯的生命已行将消逝。

那么，那黑影，是来迎接他的使者？

死神的使者。

孔澄不禁打了个寒噤。

是死神，一直依附在望月身上，那难道是……

孔澄的思绪被打断了。

投射在石墙上，孔澄的影子，突然在扭曲变形，慢慢幻变成一个男人的黑色剪影。

孔澄无法移动，只是愣愣地瞪视依附在自己身后的巨大男人黑影。

黑影轮廓慢慢镶上一道淡淡的光芒。

那扁扁的黑影，一点一滴地展现出肉身的轮廓。

像破壳而出的生物那样，黑影幻化成活人的轮廓。

一个活生生的男人，穿透石墙，从黑影中走出来，伫立在孔澄面前。

惊呆至极的孔澄，像丧失了心智般久久无法发出声音。

迷乱的神志终于找回声音——

"聂明。"孔澄听见那恍若不属于自己的沙哑声音说。

"被你们抓到了。"聂明那完美的脸在暗黑中闪动着。

Chapter 5　阴差阳错

"聂明。"孔澄一步步往后退,"那个黑影是你?你是死神的使者。"

像天使般俊美的聂明摇摇头。

"这说法太可怕了吧?我从来只把自己想作'未来的使者'。"

孔澄的身体在抖振。

雨骤然变大,滴滴答答的雨声,敲响静夜的柏油路。

"为什么?你为什么来找我?"孔澄结结巴巴地问。

"不是我来找你,是你想抓我,不是吗?"

聂明如宝石般的眼眸闪动着。

"我不明白。"

"看见巫马的时候我就明白我的身份已经暴露了。但是,巫马已不可能与我抗衡,所以,他能那么公然地向我挑衅,手上一定拥有绝对的王牌吧?"

"我不明白你在说什么,你早就认识巫马?"

"啊。"聂明的眼眸闪动着彩光,"他曾经是最厉害的冥感者。不过,冥感者的力量是有极限和时限的。虽然他是我尊敬的人,但巫马的时代已经过去了。"

"你说巫马是冥感者?"

"他找到了你作为他的接班人吧?你的意志不费吹灰之力,就把我召唤到这儿了。将来你的能力,或许更会在巫马之上,我拭目以待。"

"我完全不明白你在说什么。我才不是什么冥感者,我只是个报社记者。"

"是吗？"聂明像感到蛮有趣地盯着孔澄的脸，"为了你的事情，巫马一定相当头疼吧？"

孔澄的脑袋还是像塞着草堆般空白。

"冥感者的路是相当孤独的。因为感应到别人无法看见或听见的东西，搞不好，就会被当作精神病患看待。要是你蛮有正义感地去干涉各种事情，只会重复被卷进没有出口的旋涡里。巫马对于将你卷进来，也一定怀着相当矛盾的心情。不过，冥感者就是被挑选的人，是为了这样而出生来到世上的，总有一天会苏醒过来。你现在所经历的，也是巫马当年经历过的吧。"

孔澄还是没法消化或相信聂明所说的事情。

"我似乎相当荣幸。巫马把我的事情，当作你的试练吧？不过，你的试练未免太严苛了。巫马是警察秘密组织的人，协助警方完成没法侦破的不可思议事件。过去，我也曾感应过巫马的呼唤，协助过他。但这一次，你们来惹灵界的使者，有想过会有什么后果吗？力量再厉害，你们也不过是拥有脆弱肉身的人类，可以与我敌对吗？"

"望月和巫马两个是青梅竹马。我想，她对他而言，是非常重要的人。"

孔澄想起巫马冷静的侧脸。

巫马是和自己站在同一阵线的人。不知为什么，孔澄觉得一颗沉重的心骤然变轻了。

"过去我曾义不容辞地协助过巫马。还以为，这次他会放过我的。"

聂明摇着头。

"你是死神，为什么要纠缠着望月？"

孔澄话才说出口，心里忽然明白过来了。

望月被死神附身。

天立被困在不是天堂也不是地狱的境界里。

孔澄抬起眼睛，如梦初醒地嚷："是你，你僭越了职权。你爱上了望月，为了一己的私欲，把时辰未到的天立杀死囚困。"

聂明缓缓地抬起那双摄人心魄的眼眸。

"你们人类，总把单纯的事情想得太复杂了。"

孔澄迷惘地凝视着聂明完美的脸。

心里某个角落，她还是想相信聂明。外表如此挺拔出色的他，怎可能是坏人？

"What is beautiful is good .①"不记得在哪里听过这样的话，虽然明知肤浅可笑，根深蒂固的想法却心不由己。

孔澄一动不动地瞪着聂明，那迷人的眼眸透着寒光。

孔澄不断眨动着眼睛，突然明白过来。

自己怎会这么笨，到这个时候，还被他的外表迷惑？

"这个皮囊，是虚假的吧？这并不是你原来的面目吧？"孔澄低嚷。

"我的真面目，绝不是你会愿意看见的东西。"聂明语

---

① 美丽的东西当然是好的。此话出自古希腊女诗人萨福。

调阴沉地说。

孔澄心里打了个寒战，但还是挺起脊梁，理直气壮地说："但你却为自己选了最完美漂亮的虚假皮囊。"

"因为你们人类就是那么肤浅的东西呀。我看过太多人生了，只要拥有漂亮的皮囊，走的路就轻松得多。既然是一次游戏人间的历险，我何不为自己选择最完美的皮囊？"聂明掀动嘴角嘲讽地说。

"徐天立到底发生了什么事情？你又为什么缠着望月？你要带走她吗？"孔澄情急地问。

聂明露出淡漠的笑容。

"你在发抖吧？"

"嗯？"孔澄僵硬地张着嘴。

"可以的话，我也不想欺负小女孩。在我眼中，你只是像一头松鼠狗那样的存在。"

聂明像想起很好笑的事情般笑起来。

"松鼠狗？"孔澄被气炸了。

"只要被吓一吓或被我轻轻摔一下，你便会粉身碎骨。"聂明以稀松平常的语气说。

"我一点也不怕你。"

孔澄抬起下巴，勉强自己正视聂明那恶魔般的视线，但双腿却不由自主地发抖。

"我只会给你和巫马一个机会，不要再来惹我。"

聂明收起笑容，认真严肃地说。

"这并不是一个游戏，输了的话，你们就要赔上性命。"

聂明冷着脸孔伸出手来，像想要抚摸孔澄的脸。

孔澄感到一股冰凉刺骨的寒气迎面扑来，想逃跑，想呼叫，但双腿发软动弹不得，心里惊惧得早已失去了声音。

聂明露出恶作剧的笑容将手臂改变方向，指向孔澄背后。

孔澄反射性地回过头去。

漆黑中，有两道绿色的寒光直视着孔澄。

孔澄发出歇斯底里的尖叫。

一只黑猫发出"咿呀"一声，轻盈敏捷地跃上石墙翻墙而去。

不过是一只黑猫。

孔澄哆嗦着回过脸去。

聂明早已消失无踪。

孔澄全身虚脱地跌坐地上。

地上拖曳着与她一起在沉重喘息着的长长黑影。

天亮了。

孔澄坐在古董店门外的人行道上揉着眼睛。

肉体已疲惫不堪，但脑海里却像藏着一团火焰，燃烧着噼噼啪啪的火舌。

巫马彻夜未归，到底到哪里去了？

街上开始有人走动，路人向孔澄投以奇怪的目光。

孔澄拍拍牛仔裤站起身来，靠倚着古董店的玻璃门。

微雨延续了一整夜，已透亮的天空仍然晦暗迷蒙。

清晨拖着缓慢的步伐滑进正午。

街道由静谧变成纷扰。

孔澄像丧失了指南针的迷途旅人般，等待着那会像奇迹般来救赎她的人。

每一个由远处移近的黑色身影，都令孔澄心跳加速。

好想扑进谁的怀里大哭一场。

好想有谁会以温暖的手掌抚着她的头，告诉她"没事，没事，一切交托给我就好"。

然而，巫马就那样失踪了。

再次伫立在黑夜起风的街头，孔澄苍白着脸呆怔着。

111

这到底是怎么回事？

巫马不再回来了吗？

那见鬼的大块头，怎可以在这个时候背叛她？

是他引诱她抓着聂明的狐狸尾巴的，不是吗？

只有她自己一个人，她才不要和聂明对抗。

为什么自己非得面对死神的威吓？

她与徐天立和姜望月非亲非故，为什么要为他们陷进泥沼中？

还是巫马发生了什么事故？

孔澄无意识地大力咬着指甲。

到底要怎么办才好？

孔澄转过身去，凝视着古董店的淡茶色玻璃橱窗。

玻璃窗反映着孔澄苍白的脸。

那是一张希冀着、盼望着别人来为自己担起一切风雨的脸。

有些人总有那样的幸运，有些人却永远没有。

孔澄耸耸肩呼一口气。

嘴里吐出的白雾模糊了橱窗。

古董店里曾存在的身影，就像是可望而不可即的幻象。

孔澄决定跟踪望月。

如果遇上巫马、天立、望月和聂明，是命运的摆布，唯有相信这黑暗隧道的尽头，一定有着等待她去发现的东西。

所谓人生，就是那么一回事吧，在黑暗的隧道中一直摸索，试图寻找光明。

晚上七点半，聂明出现在望月画廊。

聂明和望月像热恋的情侣般，甫见面便接吻牵手。

孔澄心虚地藏身在画廊对街的电线杆后，注视着两人的一举一动。

聂明总是以炽热的视线追随着望月的身影，即使望月背向着他，他的眼光还是默默地依偎着她的倩影。

孔澄想起与聂明微妙的对话。

"是你，你僭越了职权。你爱上了望月，为了一己的私欲，把时辰未到的天立杀死囚困。"

"你们人类，总把单纯的事情想得太复杂了。"聂明当时只淡淡地回答。

那句话，到底是什么意思？

难道自己想错了吗？聂明不是因为爱上望月而把天立囚困在画中？他们三人之间，到底发生过什么事情？

画廊的灯光熄灭，聂明和望月走出画廊。

孔澄抑制着自己急促的呼吸声。

聂明像深怕望月会在他眼前消失似的，一直有点孩子气地，紧紧握着望月的手。

两人坐上了出租车。

待出租车启动以后，孔澄匆忙跑上马路，拦截另一辆出租车紧追其后。

113

"请在前面的路灯旁停下。"

聂明跟出租车司机说道。望月看看脚下的细跟高跟鞋。

"聂明，可以请司机拐个弯，直接停在你家门前嘛。"

"哪个门牌号码？"司机事务性地问。

"不用了，这里就可以。"

聂明不理会望月抱怨，吩咐司机停下车子。

"真是的，那段路好难走哦。"望月小声抱怨。

"散步一下有益身体呀。"

聂明不为所动地将钞票递给司机。

"聂明有时候真的好奇怪。"

望月无可奈何地跟随聂明下车。

不远处传来轻柔的海浪声。

坐落于海滩旁的雅致住宅区气氛一派闲适恬静。

橘黄的街灯，在昏暗的斜坡路上，投下淡淡的阴影。

孔澄跳下出租车，在约十米的距离后跟随聂明和望月走下斜坡路。

带着丝丝寒意的海风卷来浪涛的絮语。

幸好月色昏暗，两旁的单幢住宅又寥寥可数，孔澄的身影安然地融入夜色之中。

孔澄移动着胶垫球鞋，小心翼翼地追随在二人身后。

聂明和望月停住脚步。

孔澄也屏息静气地停下来等待。

聂明和望月停在一幢粉红色与粉黄色的独栋房子之间。

到底是哪一幢？

失踪了的巫马会在里面吗？

怀着被发现的恐惧，孔澄觉得一颗心就要从胸腔里跃出来。

聂明从裤袋里掏出像钥匙似的东西，金属碰撞发出清脆的声响。

聂明牵着望月的手向前走。

然而，有点不对劲的地方。

两人既不是走向粉红色独栋屋的大门，也非粉黄色独栋屋的大门。

聂明正牵着望月的手，笔直地走向两幢房子接壤处的水泥墙壁。

孔澄瞪大眼睛。

聂明一边与望月谈着什么，一边将钥匙插向墙壁。

望月却像很理所当然似的靠在他身旁等待着。

循望月的视线，就好像前方真的存在着一道普通的大门。

孔澄拼命眨着眼睛，无论如何，那儿看上去也只是一面水泥墙壁而已。

就在孔澄想开口呼唤他们的时候，两人向前踏出一步，就那样，两个身影接穿越墙壁，不知消失到哪儿去了。

"每次置身这房子，就觉得自己好像在做梦一样。"

望月在客厅的沙发上甩下手袋，走到落地长窗前。

暗黑的海面轮廓模糊，但房子里却弥漫着海潮的香味。

聂明失神地凝视望月穿着宝蓝色裙子的窈窕背影。

"聂明？"

望月回头望向在怔怔发愣的聂明。

"嗯。"聂明骤然回过神来，"要喝点什么吗？我买了冰酒，记得上次在餐厅吃晚饭时你说过喜欢喝的。"

"聂明太宠我了。"

望月像回忆起什么似的，眼眸掠过一丝失落。

"不宠女朋友宠谁？"

聂明走进厨房打开冰箱，在小酒杯中注入一小份冰酒。

"我可不是宠物呀。"

望月笑着接过酒杯小口啜饮着，冰凉清甜的金黄色酒液舒畅地滑过喉咙。

"那我来做你的宠物好了。"

聂明揉着望月的长发，看进她的眼睛里。

望月垂下眼帘。

不知怎么的，每次聂明这么温柔地对待她时，就会涌起想哭的冲动。

一颗心，不知由何时开始，变成玻璃般纤细脆弱。

"望月，如果有一天我突然消失不见了，你会想念我吗？"聂明抬起望月的下巴问。

"嗯？"望月茫然地眨着水灵灵的眼睛。

"会像想念徐天立般把我放在你的口袋里吗？"

"聂明。"

"我真妒忌徐天立。有一个小小的他，还是一直藏在你的口袋里吧？"

聂明叹口气。

"你为什么要这样说？"望月低喊。

"如果不是的话，你就不会丢掉徐天立的画。"

"我……"

"如果只余下涤净的思念，你应该能好好正视他的画。"

"聂明，不要离开我，你不可以那样残忍。你说过，你会一直陪在我身边的。我恨天立，你知道我恨他的。"望月呜咽着。

"把那幅画拿回来吧，直至你能好好正视它。"

"但是……"

"望月，"聂明用双手扶着望月的肩膊，看着她的眼睛，"我希望你将那幅画永远留在身边。"

望月迷惘地摇头。

"聂明，我真的不明白你。"

"你不用明白我，只要相信我爱着你就足够了。"

"我丢弃了天立的画，你应该高兴才是啊。聂明，你一直藏着什么秘密，是吗？"

望月咬咬嘴唇，露出战战兢兢的表情探视着聂明的脸。聂明蓦地放开双手，转身背向着她。

"为什么这样说？"聂明的语气很平静。

望月蹙着眉，说："我知道这样说很可笑，你听了一定会恼我。可是，我总觉得，你和天立，好像存在着不可思议的联系。天立去世后，你就一直守护着我。"

"那你对我到底是感激还是爱？"

聂明背对着她，望月无法看见他的表情，但聂明的声音如刀刃般冰冷。

"聂明。"望月不知所措地低喊。

"很抱歉，我并不是徐天立灵魂的再生。"

聂明露出有点寂寞的笑容回过头来。

"我要你拿回徐天立的画，因为只有那样，我才可以战胜他。"

聂明定定地凝视着望月。望月一直以为，他们初次见面，就是他偶尔走进画廊里看画。

但在那以前，他早就认识她了。

不，正确来说，他并不认识她，只是认识她的名字。

姜望月。在死神名册上的名字。

一年前的那个清晨，应该被轧在车轮下的，是在死神名册簿上的姜望月。

一年前那个清晨。

黄色垃圾车轧在徐天立身上。

寂静的马路上回响着一个女生发出像受伤的小动物般的哀号声。

聂明冷静地看着马路上面目模糊的肉体摇摇头。

"起来吧，是时候上路了。"

聂明伸出手，扶起天立的灵体。

天立站起来，以茫然的表情看看自己完好无缺的灵体，以一副不解的表情回头望向躺卧在马路上血肉模糊的肉体。

"让我来自我介绍，我讨厌被唤作'死神'。所以，你把我看作'未来使者'就好。你在这里的时间已经完结了，接下来，我会带领你去'未来'。"聂明缓缓地说。

天立茫然地伫立着。

"明白了吗？你已经可以放下那沉重的皮囊了。"聂明不带任何表情地说。

天立呆呆地看看聂明，又回头呆呆地望向马路上聚拢的人群和无助的望月。

"不。"

天立弯下灵体，发出如跪在马路上的望月一样的哀号。

"不。"

天立发狂似的奔向望月。

"望月，望月。"

天立发出像野兽般的悲鸣。

"她已经无法听见了。"聂明以事务性的口吻说。

天立不断狂号，他伸出手触摸望月的脸、望月的头发、望月的肩头。但是，已停止了哀号的望月，只是像木偶那样瘫坐在马路上，以空洞的眼神，直勾勾地瞪视着虚空。

119

"对不起，我今天还有很多个案要处理。不管愿不愿意，你必须要离开了。"聂明冷漠地翻开手上的名簿，眼光扫视着名册上的名字。

"姜望月。"聂明喃喃念着，慢慢皱起眉心，"姜望月？"

聂明的眼光转向仍缠绕在女生身旁不肯离去的年轻男人。

"望月，望月。"男人像乞求什么似的低喊着。

聂明倒吸一口气。

作为"未来使者"，背负着每个人的生死，错失是不可原谅的。但是，自己竟然出了纰漏，阴差阳错，迎接了错误的人。

该死！

聂明看看车轮下那张血肉模糊的脸，皱皱眉。

看来又要发生一次医学上的奇迹了。

救护车已经抵达，要挽回就是现在。

"唉，你，回去吧。"聂明用下巴点点那血肉模糊的躯体，朝天立说。

"欸？"天立愣愣地抬起脸来望向聂明。

"弄错了。要被接回的并不是你。虽然你那皮囊现在看上去是可怖了一点，但会复原过来的，你可以回去了。"聂明有点尴尬地说。

天立脸上流过狂喜与难以置信的表情，但旋即呆怔着。

"你刚才说弄错了，是什么意思？"

聂明耸耸肩，说："'未来使者'，说穿了，也只是一份工作。我每天要处理数不清的个案，发生错失我绝对不想，我也在努力挽回。"

"什么错失？应该被轧在车轮下的……"天立回过头去，怔怔地望向望月，"不会，没有可能的。"

天立握紧拳头望向聂明怒哮："你绝不能带走望月。"

聂明默默地看着徐天立绝望的表情。

"她还那么年轻呀。"天立冲口而出。

聂明不以为意地挥挥手。

"你并不了解'未来'的事情，如何能肯定，'未来'不会比'现在'幸福？不要将你狭窄的视野放在人的生死上。"

聂明沉吟着。

"很遗憾，今天是我把事情搞砸了，但希望你明白，我绝不是故意的。每天，我都想把我的任务做得完美。"

天立听得不寒而栗。

什么"未来使者"？明明就是死神，而死神的任务，就是夺取人的性命吧？

"我绝不会让你伤害望月。"

聂明摇摇头，说："姜望月的时限已到了，这是她的命运，谁也不能改变。"

天立闭上眼睛，待他张开眼睛时，眼里闪着异样的神采。

"让我代替她。"

一瞬间，聂明呆住了。

聂明定定地凝视着天立，突然仰天狂笑起来。

"你笑什么？"天立讷讷地问。

"笑你的愚蠢。"聂明冷冷地看着天立，"我名册上的人，可不是能随你们自愿交替的。"

"你要一条人命，我的就送给你了，你还有什么不满意的地方？"天立绝望地问。

"你以为自己很伟大吗？不要让我笑掉牙了。"聂明不屑地说，"告诉你，很多很多个世代以前，我也曾经是人。就是因为对人类的自私自利和丑恶彻底地失望了，我比谁都讨厌'现在'这个地方，所以，才会被选作'未来使者'最适合的人选。'现在'的人们总是把谈情说爱滥滥地挂在嘴边，我当了千百年使者，看过各式各样的人和人生，到最后，每个人最爱的不过是自己。"

"不要用你那扭曲的心来衡量我和望月。"

"是吗？"聂明扬扬眉毛，"你自以为是情圣吗？"

聂明一脸厌恶的神色。

"让我替你算一算吧。"

聂明闭上眼睛，冥想了一会儿。

"你是个郁郁不得志的画家吧？"

聂明张开眼睛直视着天立。

"告诉你，你将来会扬名的，你会拥有你现在绝对无法想象的一切。你的人生，名利和女人绝不缺。"

聂明吹吹口哨，指指马路上天立软瘫着的躯体。

"你会拥有令人相当羡慕的人生。现在可以乖乖给我回去了吧？"

"不。"天立坚定地摇头，"我绝不回去。请你让我替代望月。"

聂明眉心紧锁。这个男人，怎么连一秒钟的犹豫也没有？

"为什么要这样为一个女人？"聂明冷冷地问。

"你既不是我，就永远不会明白。"

天立以坚定的眼神直视着聂明。

聂明转过脸望向瘫坐在马路上的女生。

确实是个相当漂亮的女孩。

但是，世间漂亮的女孩不少，这女生为什么值得天立为她舍弃性命？

连一秒钟的犹豫也没有？

每一个被他接回的人，不是都会苦苦哀求他，愿意献上一切换取苟延残喘的性命的吗？

聂明无法明白。而无法明白的东西，令聂明感到害怕。

他无法忍受这世间，还有他操控不了的事物。

聂明渐渐对面前的年轻人泛起憎恶的情绪。

或许是嫉妒，而不是憎恶，但聂明不愿意承认。

"你会后悔的。"聂明说。

"绝不会。"

天立的气势压倒了聂明。聂明茫然地瞪视着天立还稚气未除的脸。

马路上，急救人员正对天立施行最后的抢救。

聂明默默看着马路上混乱的光景。

"没有用的。"聂明叹口气，"你这个愚昧的人，我并没有能力改变什么。这是你最后的机会，回去吧。"

天立缓缓地摇头。

救护车的红色灯停止转动。

"太迟了。"聂明愣愣地说，"你这个冥顽不灵的人，这样并无法救回你心爱的女人。你只是白白浪费了自己的人生而已。你既不是我名册上的人，就不能到'未来'去。你的时限还有二十七年。这二十七年，你只有一直流浪，直至你的时限来临。真是愚不可及。"

聂明挥挥衣袖。

"我哪里也不想去，只想伴在望月身边。"

"怎么你还是不明白？"

聂明回过身来。

"你并没有办法伴在她身边，我要把她接到'未来'去了。跟她说再见吧。"

马路上，望月昏厥了，救护人员正围拢着她。聂明静静看着那纤细的躯体。

"一年。求你给我们一年。"天立绝望地喊。

"嗯？"

"把我错误弄到这儿来，是你的责任。是你犯错在先，我只要求一年时间而已。让我再多待在望月身边一年，我求你。"

聂明回过头来，默默看着眼前的年轻人。

"我可以流浪到任何地方吗？那请你让我多留在望月身边一年就好。"天立哀求着。

"我不能放任不属于任何地方的灵魂随处乱荡，你只能依附着一件世间的物件，直至你的时限来临。"

"那，"天立茫然地想着，"那么，请你让我的灵魂依附在我的油画上。望月一定会把它留在身边，我便可以一直陪伴着她。"

聂明不耐烦地挥挥手。

"我已经说过……"

"一年，只是一年而已。这是我唯一的请求。"

"我已经给予你机会回去了，是你自己白白放弃，我并不需要向你补偿什么。"

"我明白。但请你、请你宽容一次。你说你也曾经是人吧？那你一定也曾有过心爱的人。"

聂明掀动嘴角不屑地冷笑。

"你太天真了。或许活得短是你的幸福。人世间的所有关系，皆是建立在利益之上。你和这个女生，也不过是因为寂寞而相濡以沫。只要你活得久一点，一切终将破灭。所谓人生，不过是不断地被背弃，然后孤独地迎接死亡而已。"

"不、不会。"

"我不想再听你那像三岁小孩似的幼稚说话。"

"你不明白……"

"我就是无法明白。"

聂明喃喃自语，静静地凝视着马路上失去意识的女生。

"一年？"聂明忽然问。

天立点头。

聂明思忖着，眼里闪过一道令人不寒而栗的寒光。

"那，你就好好待在画里。徐天立，无需一年，我就会让你看见你幼稚的爱情幻象，如何在你眼前破灭。然后，请你好好品尝叫 作'痛苦'的滋味吧。"

聂明仰天狂笑。

聂明为自己选了最完美的皮囊，走进姜望月工作的画廊。

望月挂着梦游般的表情，心不在焉地走至聂明身旁。

"请随便参观。"略带嘶哑的声音。

聂明假装饶有趣味地看着陈列画，暗暗注视着望月的一举一动。

礼貌地招呼过后，望月又好像跌回梦游的深渊中，神不守舍地在发愣。

那苍白憔悴的脸蛋上，浮现着深深的黑眼圈，唯独一双眼眸水灵灵的，像随时会滴出晶莹的泪水。

聂明轻轻哼起《蓝眼睛的爱丽丝》的曲调。

望月像被吓了一跳似的骤然抬起脸，目不转睛地瞪视着聂明。

"喜欢这首歌吗？"

聂明耸耸肩，像不经意地打开话匣子。

望月呆呆地摇头又点头。

"是喜欢还是不喜欢？"聂明问。

望月像看见了鬼魂般轻轻咬着唇，以微妙的表情注视着聂明。

"你都这样瞪着客人看的吗？"

聂明朝望月微笑。望月调开视线别过脸。

"对不起。"望月轻轻地叹口气。

"啊，你戴了蓝色隐形眼镜，是吗？"

聂明踏前一步，微俯下身来凝视着望月的眼睛。望月以不可思议的表情看着眼前的男人。

"你是谁？"望月以梦游般的眼光问。

"我叫聂明。"聂明伸出手来。

"聂明。"望月没有伸出手与他相握，只是像陷入沉思般喃喃念着。

"小姐，你没事吧？"

望月回过神来慌忙摇头。

"对不起，只是你让我想起了一个人。"

"嗯？"

"对不起。"望月低下头。

"蓝色隐形眼镜与你不相配。"聂明以开玩笑的口吻说。

"欸？"

"你有很漂亮的黑眼睛吧？掩盖着太可惜了。"聂明玩世不恭地说。

127

望月不自然地转过身，像想从聂明身旁逃开。

"把它摘下吧。"

"嗯？"望月茫然地回头。

"如果是为别的男人戴上它的话，请你为我把它摘下来。"聂明厚着脸皮，理所当然地说。

"先生，"望月的脸因发恼而涨红了，"请你……"

"我会让你忘记那个他的。"

聂明凑近望月耳畔，在她耳内轻轻吹进一口气。

望月如遭雷殛般僵住了，泪水蓦然涌上眼眶。

她以不可思议的表情，呆呆地凝视着眼前陌生的男人。

有着宛如催眠师的眼睛的男人。

"聂明好帅。那么出色的男人，对你那样着迷，为什么不给他一个机会？"戴黑框眼镜的短发女生一边与望月合力抹拭着画廊玻璃一边问。

望月没有回答，只是默默地把清洁液喷洒在玻璃上抹拭着。

短发女生停下手上的动作数着指头，说："已经六个月了吧？每天风雨不改地来看你，还光顾我们买了那么多画，老板不知多高兴。"

"他只是来买画罢了。"望月淡然地答。

"你有和他吃饭逛街吧？那不如再进一步嘛，放过那样的男人好可惜。"

"聂明是朋友。"

"天立已经……"

"不要说。"望月低嚷。

"那样的话，聂明实在好可怜。你有跟他说清楚天立的事吗？"

望月叹口气，说："或许是我不好，我因为寂寞而让他一直伴在身边。是我太狡猾了。我会找机会跟他说清楚。"

"聂明一定会伤心得吐血而死。"

望月手上的动作蓦地停下。

短发女生吐吐舌头，说："对不起，我又说错话了。"

望月摇头，说："是我不好。我讨厌那样软弱的自己，让大家都要对我小心翼翼。"

"认识了聂明以后，你不是变得开朗了吗？也没有再动不动就掉眼泪了。"

"聂明他……"

望月轻轻咬着唇，不知如何说下去。

为什么自己无法抗拒聂明的邀约呢？是因为他，总令她想起天立？

两人有着微妙的相似的地方。

"你不能一直抱着一个去世的人不放。"短发女生轻轻地说。

"我恨天立。我真的很恨他。"

望月的泪水又涌上了眼眶。

短发女生默默看着紧咬双唇的望月，低低叹口气。

走在秋意盎然的傍晚街道上，望月停下脚步，转过脸望向聂明。

"你不要再来店里了，我们是没有可能的。一直没有跟你说清楚，是我不对。对不起。"

望月低头看着人行道上的落叶。

"我们是朋友，不是吗？"

聂明丝毫不为所动地耸耸肩。

"我不想再欺骗自己，也不想再欺骗你。我一直没有把你看作朋友。我喜欢和你在一起，是因为你令我想起一个人。"望月舐舐嘴唇，有点困难地开腔。

"那个已去世的人，徐天立？"

望月静静地点头。

"望月，你知道吗？我也不想欺骗你，我并不相信什么一生一世。现在的我，就在你面前，会好好守护你，会让你幸福。人是追求快乐的动物，像长着灵敏的嗅觉那样，搜寻飘散着快乐味道的地方。我一直等待你发现，和我一起既然更快乐，为何还抛不下那个男人？"

望月静静伫立着，眼神像看着遥远的地方。

"对不起。"望月重复地说。

聂明的心中，慢慢燃烧起积压已久的怒火。

他绝不会输给徐天立。绝不会。

已经默默守候和等待这个女人半年了，为什么还无法虏获她的心？

聂明没发现自己何时激动地抓着望月双肩，逼她正视他的眼睛。

聂明再无法压抑心里的不忿。累积了数百个世代的不忿。

"为什么不背弃他？为什么？"

聂明激动地摇着望月的肩膊。

"为什么只有徐天立有那样的幸运？为什么在我失意时，谁也没有帮我一把？为什么所有我信任的人，在那时候，都一个个背弃我，让我自己一个人孤独地，孤独地……"

聂明蓦然停下了说话。

那数百个世代以前痛苦的记忆，还一直折磨着、侵蚀着他的灵魂。

他无法原谅，所以无法忘记。

他对这世间怀有满腔的恨意，满腔的屈辱，不甘与不解。

他成为最适合担任死神的灵魂。

没有人，比他更恨生存的孤寂。

"聂明曾经那样悲伤过吗？"

望月抬起幽幽的眼眸，像在直视着聂明灵魂深处。

"对不起，我一直任性地以为，你拥有一帆风顺的人生。我一直觉得，我们是两个世界的人。"

望月真挚无邪的眼光，让聂明无法移动。

这女孩，在为他的灵魂悲伤吗？

望月自然地举起双手，将双手拇指放在聂明的眉心上，轻轻地抹开。

"已经没有事了。聂明一定也会遇上以最柔软但坚韧的心对待你的人。"

望月眼里闪着泪光，像抚慰着自己的伤口，也抚慰着聂明的伤口般轻声低语。

聂明感受着望月柔软手指的触感。

"不要再紧锁着眉心。"

望月以祈祷般的真挚神情看着聂明。

那时候，数百个世代以前，要是有这样的一双手曾为他轻抚，他就不至走上绝路吧？

一瞬间，聂明仿佛听见自己背负千百年的枷锁被解开了。

脑海里仿佛可听见被恨意千锤百炼地精铸的枷锁掉落

地上，发出铿锵响亮的声音。

灵魂不知何时止住了哭泣。

望月轻柔的手指像小鸟的翅膀般滑过他的眉心，滑过他的心湖。

心湖里响起薄冰碎裂的声音。

聂明第一次真正看进望月的眼睛里。

"我需要你，我比任何人都更需要你。"

聂明像孩童抓着母亲的手般，紧握着望月薄薄的手心。

"聂明，你心里藏着什么事情，是吗？告诉我，我可以为你分忧。"

望月放下手中的冰酒，担忧地望向像落入沉思中，思绪飘浮在另一个世界的聂明。

聂明悠悠回过神来。

眼前的女孩，是他最珍贵的宝物。

不论付出任何代价，不论使用任何手段，他都要把她留在身边。

他终于明白天立说他哪里也不想去，只要伴在望月身边的心情。

他不会违背诺言，他会让望月取回睡莲油画，让天立在画中世界，永远伴着望月。

但最终的胜利者，只有他。

只有他。

"你只要待在我身边就好。"

聂明把望月拥进怀里，轻轻吻着她的头发、她的眉毛、她的眼睛、她的鼻梁、她的嘴唇。

Chapter 6　画中蓬莱

孔澄再次来到画廊对面的人行道。

她想抓紧望月单独回画廊工作的机会接近她。

望月被聂明迷惑了。

他呈现在望月眼前的一切，不过是海市蜃楼。

她必须让望月明白他藏在那完美皮囊下的真面目。

望月迟迟没有出现，孔澄在街上抵着冷风，焦急地等待着。

黄昏步至，冬日的天空早已暗下来。

聂明和望月由昨夜开始一直待在那道水泥墙壁之后的海市蜃楼中，不知人间何世。

画廊里的短发女生好像准备关门了。

孔澄叹口气，看来又要在这里再站一天吃西北风。

一辆出租车停在画廊前。

望月独个儿步出车厢。

短发女生打开门探出头来。

"还以为你不回来了，害我好担心，今天卖画的钱必须放进夹万①哦。"

"我记得。对不起，这么迟才回来。"

望月笑说，正想走进画廊。孔澄确定了聂明没有与望月一起，半跑着走过马路低嚷："望月。"

望月吃惊地回过头。

"你有见过巫马吗？"孔澄没头没脑地问。

"嗯？"望月停住脚步。

---

① 粤地方言，指保险箱。

"巫马不见了，古董店这两天也没有开店。"

望月看着孔澄情急的脸微微一笑。

"不用担心，那个人就是那副德性。从很久以前就是这样了，总是一声不响地不知到哪儿去了，然后又若无其事地回来。"

望月一脸不在意的表情。

"不。"孔澄吞吞吐吐起来，"你在聂明那儿见过他吗？"

"嘎？"望月惊讶地扬起眉毛，"巫马怎会和聂明一起？"

"有一件关于聂明的事情，你一定要知道。"孔澄一口气地说。

望月怔怔地看着孔澄。

"聂明并不是你所想的人。"

望月摇头，说："我不明白。"

"你昨晚和今天，一直在聂明家里，是吗？"

"孔澄你……"

"望月，你听我说，那房子并不存在。"

望月露出匪夷所思的表情。

"你到底在说什么啊？"

"你是聂明最亲近的人，你没发现他有什么奇怪的地方吗？没感觉到他总像藏着什么秘密的样子吗？"

望月像想开口替聂明辩护，却又沉默下来。

孔澄静静地凝视着望月。

"我带你去一个地方，你就会明白了。"

孔澄把车资递给出租车司机，与望月走下车厢。

"聂明每次都在这里下车吧？"

望月点点头。

"聂明不能告诉司机门牌号码，因为那门牌号码根本不存在。"

"孔澄，你到底在说什么啊？"

"那我问你，聂明的房子，是什么模样的？"

"就是一幢粉蓝色的房子，在粉红色与粉黄色的房子中间。"望月理所当然地答。

孔澄首先举步走下斜坡路，回过头去，望月仍在原地伫立不动。

天色一片昏暗。望月的脸笼罩在灯柱的阴影中，孔澄无法看清她的表情。

"请你来看看你所说的粉蓝色房子吧。"

孔澄快速地走下斜坡，粉红色与粉黄色房子连成一线矗立着。

孔澄舒一口气。

这样，望月就会相信她，不再被聂明迷惑了吧？

望月缓慢地移步。这傻头傻脑的女孩到底在说什么？聂明的房子怎会是幻象？她已经不知来过这儿多少次了。

望月一步一步走下斜坡。粉红色的房子映入视界中，眼角依稀可看见毗邻粉黄色房子的轮廓。

望月骤然停下脚步。

不，绝对没有可能。望月的心狂跳着。不要，不要。望月心里有一把声音在嘶喊。

聂明才不会是幻象。他已是她最后的浮木。她不可以失去聂明。不可以啊。

这一定是个奇怪的噩梦。

望月闭上眼睛。

"望月。"孔澄在斜坡下朝望月呼喊，"根本就没有……"

一阵寒风吹过孔澄背后，她回过头，眼睛呆呆地张得大大的，要说的话语被吸进寒风中。

在粉红色与粉黄色的房子中间，一幢粉蓝色房子昂然挺立。

孔澄拼命眨着眼睛。

在月光下，粉蓝色房子透着冷冷的光芒。

榉木大门从里边被拉开，聂明悠然地走出来。

"望月。"

聂明冷冷地瞄了孔澄一眼，朝斜坡路上的望月喊。

"聂明，聂明。"

望月像迷途得救的孩子般奔下斜坡路，冲进聂明的怀抱中。

"我还以为聂明真的消失不见了呢。我真像个傻瓜。"

望月像想确认聂明真的存在般抚摸着他的脸，又哭又笑，完全忘记了孔澄的存在。

聂明拥着望月，悠悠地望向孔澄，眼里闪着令人不寒而栗的光。

聂明紧紧地拥着望月，朝孔澄微微一笑，缓缓地要把榉木大门关上。

孔澄冲向前，想抓住望月的手。

"望月，你听我说……"

榉木大门被关上了。

孔澄着急地敲打着大门。

但一瞬间，孔澄发现自己正一拳敲打在水泥墙壁上，痛得她眼眶冒出泪水。

孔澄呆呆地瞪视着水泥墙壁。

榉木大门和粉蓝色房子，聂明和望月，全都消失不见了。

孔澄感到眼前一黑，头顶上，像骤然笼罩着巨大的阴影。

孔澄霍地转过身。

聂明好整以暇地抱着胳臂站在她身后。

孔澄不断后退。

"我已经警告过你了。"聂明冷着脸说。

孔澄不断再往后退。

"又被吓得双腿发软了吧？"

聂明脸上忽然浮现浅浅的笑容。

"孔澄，你的胆子真不小，还蛮厉害的。"

"你到底把巫马怎样了？"

孔澄竭力掩饰心里的惊惧，鼓起勇气挺起胸膛，装作气势满满地喊。

"我没有拿巫马怎样呀。"聂明摊摊手，"我已经告诉过你，这是巫马对你的试炼。我看巫马不过是自己躲起来故弄玄虚，看着你怎么对付我。"

聂明像完成了很满意的恶作剧般舒怀地笑着。

"看来我真的把你吓着了吧？不过孔澄看来是吃软不吃硬，是吗？"

聂明愈朝着她笑，孔澄愈感到心里发毛。

聂明叹口气，说："我想是时候我俩好好谈谈了。"

"谈什么？"孔澄扯大嗓门掩饰心里的慌乱。

"你听好，我并不是因为嫉妒，蓄意夺取了天立的性命。一切只是阴差阳错。"

聂明缓缓地开口，慢慢诉说着一年前那个清晨发生的一切。

孔澄怔怔地听着。

说完以后，聂明叹一口气。

"现在的我，是真心喜欢望月的。"

"但你是死神啊。"孔澄低嚷。

"你不要一直把我当坏人看好不好？"

聂明那张俊脸露出受伤的表情。

"我喜欢望月，如果我自私一点，一早便把她接走了。但是，就是因为真正喜欢她才舍不得，一直纠缠在这儿。"

"你说得太漂亮了。在'未来'，你不见得能拥有她吧？所以才自私地来到世间迷惑她。传说中，在'未来'是没有爱和恨的吧？"

聂明没有正面回答。

"我说过，我是真心喜欢望月的。你信也好，不信也罢。

我以为我早已忘了七情六欲，但望月令我沉睡千百年的心苏醒了。她是个单纯的女孩，只是想被爱，想能被满满的热情包围。即使在千百年前作为人时，我也从未这样爱过一个女人。"

孔澄凝视着那双如催眠师的眼眸，不知道是否应该相信他。

"但不能一直这样下去吧？这样对望月来说，不是也太可怜了吗？她好不容易才开启心扉，接受另一个人啊。如果有一天你离去了，她要怎么办？你怎么可以对她这么残忍？"

聂明握紧拳头。

"所以，我们才一直在死胡同里没有出口。"

孔澄眉心紧锁。

"你真的不知道望月把画丢掉了的事？天立的声音一直在向我呼喊。不是你煽动望月把画丢掉，让天立困在黑暗又无法看见望月的地方永不超生？"

聂明坚定地摇头。

"你信不信都好，我欣赏徐天立是个不可多得的男人。我答应过他，就会让他留在画中陪伴望月，绝不会耍什么卑鄙手段。我真的毫不知情，否则，我绝不会让望月丢弃那幅画。你们人类，总是把单纯的事情想得太复杂了。"

孔澄一脸困惑迷惘。

"我如何可以相信你所说的一切？"

"徐天立可以印证我的话。"

"你不是在狡辩吗？我已经不可能见到徐天立了。"

"如果徐天立印证了我的说话，你和巫马就可以放过我了吧？我并没有运用灵界的力量行恶，相反，我是在行善哦。冥感者和灵界使者，千亿年来一直维持着友好关系。无须为了这小小的误会，破坏我们之间的和谐吧？而且，巫马已经有心无力了，你又只是个稚嫩的小女孩，一旦敌对的话，谁胜谁负还是未知之数。"

孔澄轻轻咬着唇说："我如何可以见到徐天立？"

"巫马什么也没教你吗？"聂明摇摇头说，"你是冥感者啊。能穿梭人类和灵界的使者。集中你的意志能量，你就能进入油画与徐天立见面了。"

"进入油画？"孔澄匪夷所思地问。

"徐天立的灵魂活在他脑海和心灵构筑的画中世界里。那是徐天立的幻想之境，因为他的信念而将虚幻化为真实。那不过是一个人脑电波所创造的世界。集中你的意志和能量，相信那幻想之境绝对存在，你也能轻而易举地进去。"

"进入画中世界？"孔澄喃喃念着。

"我并不是坏人，我没有滥杀天立，也绝不会伤害望月。跟徐天立见面以后，你便会明白一切。"

孔澄抬起迷惘的眼眸凝视着聂明。

"你只要相信画中存在蓬莱仙境，仙境的门就会为你打开。"

聂明说着如催眠师般的话语。

客厅的投影时钟指着凌晨五点十分。

静夜里，远处响起低沉的雷声，像有一队仙人站立在远方的高山上俯视人间，规律地敲响巨大的木鼓。

孔澄坐在沙发前的木地板上，双手抱膝，下巴枕在膝盖上，静静地凝视着睡莲油画。

"你只要相信画中存在蓬莱仙境，仙境的门就会为你打开。"聂明如催眠师般的声音在她耳畔响起。

孔澄缓缓站起来闭上眼睛，集中意志，让脑海勾画出画中风景。

天空是灰蒙蒙的，在某个宽广的庭园内，绿树成荫，杨柳低垂。

微风柔柔抚弄树叶的脸颊，就像是音乐师轻敲铁片琴的轻柔手臂，令树叶震动起舞，呢喃起沙沙的絮语声。

孔澄仿佛感到一丝微风拂过脸颊。

思绪飘飘浮浮，如化成微风，飘进画中世界。

微风仿佛穿起芭蕾舞鞋起舞，滑过池塘平静的湖面，水波轻轻荡漾。

池塘中的睡莲微仰起脸，宛如侧耳倾听着风声水声，柔顺地随水漂流在梦幻的国度。

微风飘过池塘上的绿色拱桥，环抱着某个孤寂的身影。

那身影，一直垂着头，凝望着脚下的睡莲。

风声、水声、树叶颤动的声音，静静在耳边回响。

青草与树叶的气味、花的气味、水的气味弥漫四周。

孔澄感到紧闭的瞳孔里浸漾着水的雾气。

孔澄深呼吸一口气，缓缓张开眼睛。

暗黑的客厅，洇染着一圈圈温柔的光芒——从画中放射出的安静光芒。

一圈圈光芒像呼啦圈般环绕着孔澄的身体起舞旋转，缓缓汇合幻化成闪闪的光带，从孔澄脚下延伸，一直通往油画里。

孔澄压抑着跃动的心跳，踏着光带，朝油画一步步前进。

孔澄伸出右手。

"只要相信画中存在蓬莱仙境，仙境的门就会打开。"孔澄在心里喃喃念着。

指尖碰触上油画，油画表面如轻柔的布料般凹进去，手指陷进油画里无限延伸的空间。

手背仿佛感受到微风轻轻抚弄。

孔澄如堕进了奇异的梦境般，感到头脑轻轻软软。

孔澄再深吸一口气。

眼前油画的影像，突然像被折射进电影院的大荧幕中，客厅里整面墙壁，也幻化成画中风景。

"画中世界，就在一步之遥。"孔澄在心里对自己说，闭上眼睛，迈开脚步，向前走去。

光刺进眼帘内。

微风拂在脸颊上。

短发在风中轻轻扬起。

叶片摩擦的沙沙声。潺潺流动的水声。萦绕在耳畔的风声。

孔澄蓦然张开眼睛。

"你终于来了。"

眼前是一个眉目清秀的年轻男子，深褐色的凌乱短发，线条柔和的脸，左耳垂挂着两个银色吊环，一身轻便的灰色运动衫。

那沉静的脸上挂着淡漠的表情，一双忧郁的眼眸定定凝视着孔澄。

"徐天立？"孔澄有点不能置信地喃喃念着。

徐天立点点头，神色却是一片沉重。

"为什么要跑进这里来呢？"徐天立以忧伤的神色看着孔澄。

"嗯？"孔澄仍然如在梦中。

"这样子，你就和我一样被困了。"

徐天立跟与他相对站立在拱桥上的孔澄说。

"嗯？"孔澄闪动着如梦游般的眼神环视着幽绿的庭园。

茂密的苍郁树木。

无数交错杂乱的树叶。

苍绿的水色一片混沌。

池塘像一面自然的镜子，呈现出魅惑的神秘世界。

垂柳轻吻着水面，冲泻着黄绿色的光流。

画中的一景一物包围着自己。

自己正存在画中世界里。

孔澄因为兴奋而双颊染红，双手拳头不自觉地紧握着。

"对不起，连累你了。"

徐天立用右手食指按按眉毛。纤秀的手指，看上去强而有力。

孔澄迷惘地摇头。

"不，是我自己要进来的。你真的是自愿被聂明囚禁在这里的吗？你为什么一直向我呼喊？"

天立把双手放在拱桥围栏上，抬头望向阴暗的天空。

"聂明跟你说的一切都是真的。我向你呼救，因为好像只有你能听到我的呼唤。我想你把我带回望月身边，我是为了她才存在于这里的。不过，已经没有希望了。连你也被骗了。"

天立叹口气，凝视着脚下缓缓流动的池水。

"我不明白。你不是说聂明所说的一切都是真的吗？那我为什么会被骗了？"

"因为聂明并不打算让你回去吧？他告诉了你怎样进来，但他有告诉你怎样回去吗？"天立忧郁的眼神转向孔澄。

"啊。"孔澄半张着嘴。

兴冲冲地跑进来，只想向徐天立求证聂明所说的一切，根本没想过后果。

"聂明不是坏人，当初他确实答应了我的请求，让我待在望月身旁。但是，自从他爱上了望月后，一切便改变了。"

"改变了？"

"我在这里，不会对他构成任何障碍或威胁。望月根本感应不到，也不会相信我存在于这里守护着她。所以，聂明倒是不介意让我一直留在画里。应该说，他反倒想望月一直把画留在身边，他才会感到安心。但是，他也不打算对望月放手。"

"你的意思是……"

"他并不打算脱下人类的皮囊。他想永远以聂明的身份，拥有着望月的身和心。你是唯一一听到我呼唤的人，所以只要你消失了，他便可以永远守住他的秘密。"

"你是说，聂明没有说谎，但是，他也不打算让我离去？他想把我和你一样，永远囚禁在这儿？"孔澄匪夷所思地问。

天立点头。

"你被他哄骗了。和我一样，你并不是他名册上的人，虽然是死神，他也无法把你接走。所以，只有把你和我一起永远囚困在画里，他才可以随心所欲地过日子吧。对不起，我只想让你把画送回给望月，没想到会连累了你。"

孔澄摇头说："能进来，当然就能出去呀。我要把你带回望月身边，你为她做了那么多，不是应该让她知道吗？我好想你们能再次见面呀。"

孔澄又被满脑子不切实际的浪漫思想冲昏了头脑。

天立缓缓摇头。

"我们已经被分隔在两个世界了。只要透过这扇窗口，我能看见她好好活着就好。我没有再多的奢望。"

"不。"孔澄气急败坏地嚷，"你不要放弃啊。我不是进来了吗？只要我好好集中意念力，一定能和你一起回去。"

孔澄对自己刚发掘的不可思议力量开始有点飘飘然起来，一脸自信满满。

天立还是悲观地摇头。

"你是不是想得太天真了？也把聂明想得太简单了。"

被天立的话浇了一头冷水，孔澄开始犹豫起来。

毕竟，她对自己潜在的能力还一窍不通。

"不，除了我以外，还有另一个人。"

孔澄想起巫马沉稳的眼眸。

"他是我们的护身符。如果这真是聂明的诡计，他一定会来救我们。"

"巫马？就是古董店的主人吧？他并没有听见我的呼唤。他和你并不同。"

孔澄摇头。

聂明说过，巫马曾经是最厉害的冥感者。

曾经。

"冥感者的力量存在极限和时限，巫马的时代已经过去了。"聂明说，"你是他手上的王牌。"

孔澄轻轻咬着下唇。

巫马到底还拥有任何灵异力量吗？如果他的力量已耗尽了，聂明对付完自己的话，下一个对象就是巫马吧？

"巫马已经无法再与我抗衡了。"

孔澄想起聂明说过的话，一颗心好像被掏空了。

是自己太鲁莽了吗？不应该冲动地跑进画里来，现在到底要怎么办？

"不，既然我用意志力量能进来，当然能出去。"

孔澄不断点头。

"只要我好好集中念力，就可以回去。一定可以吧？"

孔澄有点犹豫地在牛仔裤上摩擦着掌心。

"我要带你一起回去。"孔澄大言不惭地朝天立坚定地点头。

天立疑惑地瞪着孔澄稚嫩的脸。

"你真的办得到？"

孔澄紧张地舔舔嘴唇。

"我说做得到，就做得到啦。"孔澄像要说服自己似的大声说，"来，捉紧我的手。"

天立半信半疑地伸出强而有力的手指头，握着孔澄冰凉的掌心。

"什么也不要想，闭上眼睛。"孔澄蛮有气势地瞪着天立说。

天立皱皱眉，但还是闭上眼睛。

孔澄也闭起眼睛。

有入口的地方，就必定有出口。孔澄在心里喃喃地念。

出口的道路，就在我指头触及的前方。

孔澄伸出右手，在虚空中，划出一道门的曲线。

孔澄睁开眼睛。

池塘的上方，果然悬浮起一道镶着金光的门口，门的另一方，浮现出孔澄公寓的客厅。

"我不是说，这个很容易吗？"

孔澄得意洋洋地转过脸望向天立。天立睁开眼，脸上也漾起兴奋的神色。

"门开了。"

天立有点不能置信地呆眨着眼。

"来，走吧。"

孔澄自信满满地握着天立的手，向门口踏出脚步。

突然，门框的金光被灰色浓雾吞噬了。

呛人的灰色浓雾从门后像火焰般扑向孔澄和天立。

两人踉跄地倒退了几步。

灰色浓雾幻化成模糊不清、阴森森的黑影轮廓。

"对不起，你不能回来。"是聂明的声音。

"聂明。"

孔澄呆瞪着那巨大的黑影。

"你没有给我选择的余地。"

"快放我们回去。"孔澄喊。

黑影缓慢地摇着头。

"徐天立，我是真心喜欢你的女人，我会好好照顾望月。我不会违背我的承诺，我会把画送回给望月，让你永远伴在她身旁。你就乖乖地一直留在这儿好了。"

"聂明，你不可以这样做呀。"孔澄情急地嚷。

黑影弯下巨大的身影俯视着孔澄。

"孔小澄，我跟你说过吧？冥感者的路是孤独的。"

"巫马不会放过你的。"孔澄嚷。

"传说中的巫马还剩下多少力量，我也想见识见识。"

黑影发出沉如钟响的笑声，化成灰色浓雾飘散在空气里。

浓雾消散后，那扇门，也完全地消失了。

"我就说过没有希望的。"

天立挂着一脸黯淡的表情走下拱桥。

刚才站在拱桥上，包围在两人四周的风景有一个模糊的界线。

就像油画的框框那样，超出画框外的风景，被迷雾笼罩着。

但随着天立每踏出一步，庭园的风景也一点一滴向外延伸。

池边有弧形的藤棚，在水边种植有粉蓝色的菖蒲、黄色的燕子花、淡紫色的鸢尾花。

天立踏上一片青葱的大草地，后方是爬满了蔷薇的华丽拱门与垂着绿色百叶窗的粉红色小屋。

"这是……"孔澄随着天立踏出步伐，惊异地望向在眼前一点一滴展现的崭新风景。

天立回过头来用手指敲敲额头。

"我只要运用想象，风景就会延伸出去。"

"啊。"孔澄有点讷讷地环视着四周美丽的苹果树和樱花树。

当然，他们存在于天立脑海构筑的画中世界。

"那就给我们一点阳光嘛。"如泄气皮球的孔澄抱怨着说。

天立扬扬眉毛，抬头望向天空。

刚才的乌云被风吹散，太阳的金光露出脸来，柔柔地洒在二人肩头上。

孔澄讶异地抬起脸仰望晴空。

"这样暖和多了。"

孔澄抱起胳臂。

"对不起。"天立苦笑着，"望月也总是说我这个人太阴郁，只会画苍凉的风景。"

"这里很美呀。"

孔澄环视着迷人的庭园。

153

"我才想不出这么美的风景。"天立指指粉红色的小屋，"这是莫奈的花园和小屋。"

"哦。"孔澄迷惑地点头。

"真想望月也能看看这样美的风景。"

天立站立在池塘边，凝视着水面，眼里反映出缓缓流动的水波纹。

"望月早已看过了。这是你心里的风景，不是吗？"

天立落寞地垂下脸。

"我们已经回不去了吧？如果早知道会以那样的方式别离的话，一起的时候，我就不会让她感到那么孤单。那时候，我一直以为我们有无尽的未来。我实在亏欠望月太多了，往后，我只想一直守护在她身旁。"

"你没有恼望月吗？"孔澄不解地问，"你去世了不够一年，她却跟聂明在一起。"

天立淡漠地耸耸肩，说："那是无关重要的。"

"嗯？"

"如果不是聂明的话，我会很高兴她能再与别人一起。她现在和谁在一起的事情，跟我们共度的过去永远平行地存在。交替，并不等于忘记。"

"但是，你为了她，牺牲了自己哦。"

孔澄对无瑕爱情的憧憬和洁癖感又在作祟。

"你一定没有谈过恋爱吧？"天立微笑着问。

孔澄尴尬地拨拨垂在额前的头发，垂下眼帘。

"让自己变得幸福，才是对曾经爱你的人表达的最深感谢。"

"让自己变得幸福？"

孔澄双手插进裤袋里眯起眼睛看着晴空。

"你觉得望月现在幸福吗？我觉得她只是在逃避而已。我并不认为她真心爱着聂明。她只是害怕孤独。她曾经全心全意地爱过你，但现在的她，否定了那样的自己，也否定了你们之间曾存在的爱情。她不再相信爱，也不会为任何人付出真心。我觉得，现在活着和微笑着的她，只是一具躯壳而已。"

天立叹口气，说："都是我的错吧。"

"嗯？"

"我和望月是在十七岁时认识的，那时候，她还在读书，我已经辍学了，一心想成为画家扬名。那时候，无论走到哪儿，我身上都会背着画具，着迷地把眼前令人感动的人事物画下来。望月曾经说，她就是因为那样喜欢我。看着我贯注在画中的热情，她也好想被那样的热情满满地包围。然而，在一起的五年里，我到底给过她什么？我只是自我地活着而已，我连一句喜欢她也没跟她说过。"

天立露出苦涩的表情。

"为什么？"

天立垂着眼帘，睫毛在阳光中闪动着。

"因为我认为爱无须说出口。"

天立自嘲地笑笑。

"虽然很后悔，但我想，即使时光倒流，让我再活一次，结局还是相同的吧。我就是那种无法把爱说出口的人。我以为，心里燃烧的热情，在化成语言时，就已经被空气冷却了。倒没有发现，原来那样会深深伤害着爱我的人。我希望望月能找到另一个会勇敢地开口说爱她的人，我希望她能找到她要的幸福。"

"望月想要的是你送给她的幸福。如果无法肯定曾经全心爱你的那个自己，她的心永远也是残缺的。"

天立叹口气。

"我一直以为只要心里爱着她就足够了，但对望月来说，原来爱若不用语言刻下记号，就会迷路。为什么呢？没有化成语言的爱意，为什么会像泡沫般消失？"

孔澄无语。

"或许，人在恋爱的时候，才是最寂寞的。与人相拥的时候，孤独反而最深刻。"

天立以孤独的眼神，凝视着虚无。

"结果，我还是什么也无法为望月做到。一切都已经太晚了。我就只能这样，永远默默伴在她身旁。或许，这是上天对我的惩罚吧？"

孔澄用力摇头。

"我会把你带回去。请你在望月面前，好好传达你的爱意吧。即使不相信语言，也请你好好说一次。因为，女人就是会为了拥有那样的一句话才能肯定自己的存在哦。"

"已经太迟了，我没奢望过能回去。我已经是没有肉身的灵魂了。你现在看见的，不过是我对自己形体存在的记忆。"

"我们不可以放弃希望。一定有别的办法的，一定有。"

孔澄轻轻咬着唇，认真地思索着。

天立摇摇头，默默地向果园的方向走去。

天空有一只碧绿色的小鸟，发出"吱呀吱呀"的声音，拍着翅膀在悠悠飞翔。

"好可爱的小鸟。"

孔澄叹喟着，紧随天立的脚步，凝视着眼前迷雾吹散后，展现出更辽阔的风景。

孔澄忽然想起聂明的话：

"徐天立的灵魂活在他脑海和心灵构筑的画中世界。那是徐天立的幻想之境，因为他的信念而将虚幻化为真实。那不过是一个人脑电波所创造的世界。集中你的意志和能量，相信那幻想之境绝对存在，你也能轻而易举地进去。"

孔澄骤然停下脚步。

"慢着，徐天立，慢着。"

天立讶异地回过头来，问："怎么了？"

"刚才那只小鸟，是你呼唤而来的吧？"孔澄语调兴奋地问。

天立疑惑地侧过脸，点点头。

"这一切周遭的风景，都是随你想象而变幻出来的吧？"

孔澄挥着手，脸颊因兴奋泛起红晕。

157

"是又怎么样？"天立犹豫地问。

孔澄拍着手跳起来。

"答案不是很简单吗？聂明只是看守着睡莲油画的出口。他决不会想到我们会找到其他出口离开的吧？"

"其他出口？"

"这一切是你心里的风景哦。你一定画过无数画作的吧？你可以用你的想象力，把我们带进另一幅油画里去啊。"

天立还是一脸迷惘。

孔澄急得直跺脚。

"还不明白吗？这是你的画中世界，应该是可以随你的心灵变 幻场景的。只要你唤来另一幅风景，那里不是会存在另一个回到现实的窗口吗？"

孔澄急促地说着。

"那可以是挂在画廊，又或是挂在餐厅的画，总之是你创造出来的世界便行了。聂明总不能守住你每一幅画，阻挡着每一个出口吧？我们可以堂而皇之地从另一个窗口回去哦。"

孔澄的眼眸闪闪发亮，激动地抓着天立的手。

Chapter 7　断崖之窗

"我画的全是赝画，都是由画商做中间人卖出去的，最终会落在谁手上，我也不太清楚。"

天立还是愁眉苦脸。

"即使你说的方法可行，如果我们突然像鬼魅般从别人家的客厅或睡房的油画走出来，那也会很伤脑筋吧。"

孔澄点头，说："不过，我记得在巫马的古董店里，还有另外一幅画着火车头的画呀。"

"是《圣拉扎尔火车站》吧？"

天立习惯性地用手指抓抓右边的眉毛。

"不过，那幅画在巫马先生手上，从那边出去，不是也有可能跟聂明碰个正着吗？"

"但那是我们唯一的出路了。"孔澄着急地说。

天立侧过头拼命思索着，突然眼光一闪。

"想到什么了吗？"

天立用力点头。

"我想起来了。很久以前，我为一间三星级小酒店绘画过另一幅莫奈的赝画《艾特达的大岩门》，就挂在其中一个客房楼层的玄关处。那是间生意不太好，颇僻静的小酒店。"

"就是这个啦。"孔澄弹着手指，"你在脑海里凝神细想画中风景，带我们逃出去吧。"

天立一副欲言又止的模样。

"怎么啦？"

天立蹙着眉，说："你不明白，《艾特达的大岩门》描

画的是波涛万丈的断崖风景。油画的风景里，就只有翻滚着
白色怒涛的茫茫大海，和大海中屹立的险峻断崖而已。"

"怒涛和断崖？"

孔澄不禁犹豫了。首先，很羞愧地说，孔澄是不懂游泳
的畏水胆小鬼。怒涛上尖耸的断崖？光是用想象就教孔澄背
脊发凉，手心发冷。

"一定有另外的油画吧？"

孔澄想打退堂鼓。

"当然有。但是，我实在不肯定那些油画现在都被放在
什么地方。"

怒涛和断崖吗？孔澄的心怦怦乱跳。

但是，总比永远被困在这里好吧？

"那，到了那里以后，你幻想比较平和的海滩和小舟，
把我们带到岸上就是了。"

孔澄投降了。

"那画面的架构，如果向无限延伸的话，无论怎样，都
只有翻滚的怒涛和更多的岩石和断崖而已。"天立有点抱歉
地说。

"算了算了，不要再说啦。"孔澄畏怯地捂着耳朵，"在
我没改变主意以前走吧。"

"真的吗？"

天立有点讶异地望向孔澄。孔澄畏怯地眨着眼睛点头。

"无论我怎样努力，最安全的降落地点也只有断崖的顶

161

峰而已。"

"不要再说啦。"

孔澄胆小地闭上眼睛。

"那你握紧我的手哦。"

天立一脸危言耸听的模样。孔澄死命地抓紧他的手。

"只要我运用想象就好了吗?"天立狐疑地问。

孔澄紧闭双眼,大力点头。

片刻后,她已感到臀部被又尖又硬的东西戳得很难受。

鼻里涌进咸咸的海水气味。

脸上刮着像风暴般令人睁不开眼睛的强风。

孔澄睁开眼睛,下意识地用手拨弄被狂风吹得乱蓬蓬,遮挡着脸孔和眼睛的头发。

拨开披在眼前的短发,孔澄倏地发出惨叫。

自己正坐在断崖的顶部。

断崖足有二十层楼那么高,双脚悬空地垂吊着,身体稍一不平衡的话,就会被脚下怒吼着的海洋吞噬。

波涛万丈的海洋,在岩石堆之间击打起无数白浪,掉下去不淹死的话,也会摔在岩石上跌个粉身碎骨。

孔澄不断地惨叫。

这比游乐园中的跳楼机还要可怖很多很多倍啊。

"喂,喂。"怒啸的风中传来一把声音。

失魂落魄的孔澄这才想起天立正在自己身旁。

"坐好就不会掉下去了。"

天立仍然是一副淡漠的脸容，处变不惊。

这个人难道没有喜怒哀乐的吗？

孔澄困惑地瞪着一脸冷静的天立。

孔澄开始有点明白望月的寂寞。

伴在这么喜怒不形于色的男人身旁，一定会相当痛苦吧？他什么时候快乐，什么时候生气，完全只有自己在想象和猜疑而已。

而习惯将喜怒哀乐收藏在心底，无法将自己真正的感情坦率地向别人表露的天立，想必也是寂寞的吧？

孔澄轻轻叹一口气。

"我们赶快离开这儿吧，我半秒钟也不想在这儿待下去。"孔澄稀里哗啦地在风中嚷叫，"握紧我的手。"

孔澄一边喊，一边伸出右手在空中画出门扉。"现实的世界，就在一步之遥。"孔澄心里叨念着。

金色的门框悬浮在半空中。

要跨进门的另一端，就必须站立起来。

但是，站起来的话，就会掉进怒涛里去啊。

孔澄拉着天立的手，呆坐在断崖上，怔怔地瞪视着门扉。

从门的另一端，已可看见贴着米白条纹壁纸的墙壁，黑色大理石地板和金铜色的电梯门。

酒店玄关似乎静悄悄的，一个人也没有。

"孔澄，你要站起来才行。"天立在风中嚷。

孔澄大力点头，但手却在颤抖。

"这样的话，哪里也去不成。你会带我们掉到海里去的。如果你心里无法真正相信的话，那另一端的世界就不会让我们进去吧。"

的确，门另一端的玄关景象一点一滴地淡出了。

不行。孔澄在心里对自己说。不行，绝对不能认输哦。

绝对不要败在聂明手上。

孔澄闭上眼睛。

"要进去了。"出乎自己意料，孔澄的声音听起来柔和坚定。

眼前的一切只是幻象，真实的世界，就在我们踏出脚步所碰到的土地上。孔澄心里重复念着，毅然站起来。

哇，膝盖好疼痛。

孔澄像滚地葫芦般跌在酒店的大理石地板上，蜷缩着身体抱膝呼痛。

"真惨。"孔澄细声嘟哝着，气呼呼地坐起来。

玄关果然一个人也没有。

可是，有什么不对劲的地方。

孔澄霍地站起来。

环视了四周一遍，玄关静悄悄的，一个人影也没有。

"天立。"孔澄低声呼唤，霍然转过身。

墙壁上悬挂着《艾特达的大岩门》的风景画。

孔澄不能置信地盯着画中风景。

在怒海的断崖之上，有一个朦胧的暗影。

孔澄用手掩着嘴巴。

为什么？为什么天立没有一起回来？

孔澄着急地扑向油画，用手抚摸着断崖上那像黑痣般的暗影。

黑影在孔澄眼里渐变清晰。

黑色的小人儿不断向着孔澄挥手，像催促着她快点离去。

不。孔澄的泪水爬上了眼眶。

为什么没法把天立一起带回来？

是因为自己的力量太弱吗？

孔澄颓然跌坐在玄关地板上。

要怎么办才好？

巫马！

聂明说他没有见过巫马，到底是真是假？

这个可恶卑鄙无耻的男人，真的是一直躲了起来作弄她吗？

如果是巫马的话，一定有办法的吧？

孔澄向着画里傻傻地嚷："你不要待在这里，回去睡莲花园吧。我一定会再来找你的。一定会。"

孔澄像傻瓜般向着画里的小人儿挥手，嘶哑着嗓子呼喊着。

孔澄脸色惨白地走出酒店，招来出租车，朝巫马的古董店而去。

车窗外流过都市繁华热闹的街景。

孔澄像突然被抛回错置的时空般，脑海里一片混乱。

出租车在古董店门前停下。

孔澄跳下车厢，站立在熟悉的古董店前，仍然有恍如隔世的感觉。

孔澄看看腕表，下午一点十分。

自己进入画中世界，原来已过了八个小时。

古董店果然挂起了营业中的招牌。

这卑鄙可恶无耻的缩头乌龟。

孔澄跌撞地推门进去。

"巫马。"孔澄朝里面呼喊。

古董店里的音乐盒播放着悦耳的音乐，但店内没有巫马的踪影。

"巫马。"孔澄跑上旋转楼梯。

旋转楼梯上面，是开放式的客饭厅、厨房和睡房。

家私全是冷冰冰的黑调和闪着银光的金属品。

视野里空无一人。

孔澄打开通往阳台的玻璃门跑出去。

阳台也是空荡荡的。

孔澄觉得双脚突然失去了力气，颓然地下楼回到古董店。

到底跑到哪儿去了？

难道聂明比自己先来一步吗？

视线里好像突然闪过什么。

孔澄半跑着冲到《圣拉扎尔火车站》的油画前。

十九世纪的古老火车头，吐出如棉花球云朵般的一团团浓密的白色烟雾。

在与古老火车头并排的另一条空置火车轨道上，有一团暗影站在那里。

天立跑到这儿了。

是想避开聂明的追捕吧？聂明想必已经发现他逃走了。

怎么办才好？

要怎么才可救火车站中的天立出来？

我不可以弃他不顾啊。

孔澄这样想着的时候，还没有画出门扉，却发现自己已经越过"边界"，一脚踏进了烟雾迷离的火车站。

回过神来时，孔澄发现自己正站在车站月台上，面前等待开出的火车头挡住了大部分视野，火车头吐出的烟雾令整个室内车站的空气混浊，视野模糊。

刚才黑影站立的地方，就是越过这列火车对面月台的车轨吧？

孔澄沿着月台向前疾跑。

火车即将开动响起的汽笛声震耳欲聋。

孔澄拼命跑，终于越过火车，来到火车头的最前方。

孔澄站立在月台边沿，探出身体张望着对面月台的车轨。

灰色蒸汽令视线变得混浊不清。

孔澄咳嗽着挥开面前的雾气。

终于看见站在对面轨道上的那个人。

一身黑衣的巫马。

巫马怎会在这儿？

孔澄兴奋地弯屈身体，忘记了自己正站在月台边沿，脚下一滑，跌在了火车轨道上。

火车头发出更震耳欲聋的声响，列车要开出了。

孔澄想站起来，但是靴子的鞋跟却被轨道卡住。

惨了！

孔澄拼命想提起脚踝，鞋跟却被卡得死死的。

孔澄绝望地望向像巨大的黑色怪兽般发出低吼，朝她正面全速冲来的火车。

"你为什么总是这么笨？"

巫马不知什么时候也跳到车轨之中，用力拉起孔澄的手。

"不行。"孔澄急得哭出来，"被卡死了。你走吧。"

火车朝两人呼啸着正面冲来。

"你放手吧。"孔澄绝望地喊。

"孔小澄，你好好听清楚，这是幻象，是幻象啊。一切都不是真实的。集中你的念力，这只是一幅画，一切都是幻象。"

巫马在轰隆轰隆的噪声中大声朝着孔澄喊。

"孔小澄，不准惊慌，你惊慌失措的话，这火车头就会变成真实的东西轧死你。明白了吗？真实是由你创造的。孔小澄，我还不想死哦。拜托。"

巫马这个时候竟然还有心情开玩笑。

火车轰隆轰隆地辗过车轨。

巫马紧握着孔澄的手。

Chapter 8 雾中苏醒

孔澄趴伏在地上。

脸颊感到一片湿冷。

抬起眼睛来，眼前是白蒙蒙的一片。

四周出奇地宁静。

孔澄想用手支撑着身体起来，发现自己的右手紧握着某样东西。

混沌的脑筋清醒过来。

对，刚才和巫马一起，伏在火车轨道之间。

"巫马？"孔澄轻唤。

手里的温暖触感倏然消逝。

"孔小澄，还不快起来？"

巫马放开了握着孔澄的手站起来，默默地拍着牛仔裤和黑毛衣沾上的草屑。

孔澄也跟着爬起来。她身上的白色粗织毛衣、牛仔裤和皮靴上也沾满了草屑。

四周白茫茫的一片，视野只有伸开手臂那样的宽广度。

"这里是？"孔澄茫然地问。

巫马虽与自己只相隔约几米的距离，但也被白色的迷雾阻隔着。

"如果刚才是你自己一个人，已经死掉了，明白吗？"巫马以严厉的语气说，"我可不能一辈子当你的保姆。"

"我们到底在哪儿？"

巫马环视着四周。

"如果我没想错的话，是莫奈的《晨雾》油画吧？这是我喜欢的莫奈画作，刚才在火车扑过来的团团蒸气中，情急之际只想到这个。幸好徐天立似乎也有画过这幅作品。"巫马淡然地说。

润湿脸颊的，就是草地上的朝露吧？

孔澄在朦胧的晨雾中搜寻着巫马的脸。

"你一直到哪里去了？为什么你也一起进来了？"孔澄如梦初醒地问。

"你已经明白古董店是为什么存在的吧？"

"嗯？"

"那地方是为了你才存在的。"巫马静静地说。

"古董店也是我的幻象？"

孔澄难以置信地睁大眼睛。巫马像不耐烦地挥挥手。

"当然不是，那是为了令你'苏醒'而存在的工具。你已经明白了吧？我不是什么古董店的老板。我只是在那里，等待着下一个合适的人选出现。"

"你是说我？"孔澄结结巴巴地问。

巫马叹口气，说："我倒没想过是女生哪。还真让我头疼。"

"你说我是下一个合适的人选？"

"你是冥感者，这是你的命运。"巫马以不带半丝感情的语气说。

"你一直在古董店等待听到睡莲油画召唤的人？那是你设的圈套？"

孔澄终于明白了。

"对不起，当你踏进古董店里的时候，已经无法回头了。"巫马有点遗憾地说。

孔澄摇着头，说："为什么我非成为冥感者不可？我一点也不明白。"

"你不是成为冥感者，你从出生开始，就已经是冥感者了，只是你还没'苏醒'过来而已。人生没有偶然，一切都是必然的。"

"如果是那样的话，你从一开始就好好跟我说清楚呀。为什么一直在玩弄我？还恫吓我是精神病患？"孔澄气呼呼地问。

巫马像想起很好笑的事情般发出爽朗的笑声，孔澄简直被气炸了。

"对不起，那是你必须通过的试炼。你必须经历'苏醒'的过程，克服别人对你的歧见，由心而发地愿意发掘自己的潜能去帮助别人，才能成为出色的冥感者。没通过试炼的人，最终只会沦为蹩脚的灵异术士而已。我一直可是对你循循善诱，寄望甚殷的。"

"你只是一直把我看成白老鼠那样玩弄而已。"

孔澄愈想愈气。

"我可是一直把你想成会蜕变成漂亮蝴蝶的幼虫哦。孔小澄。"

巫马吹起口哨来。

"不要再叫我孔小澄。"

巫马耸耸肩。

"聂明说，你曾经是最厉害的冥感者，是真的吗？"

"啊，他说了'曾经'吗？"

巫马像有点唏嘘地叹着气，也不知他是认真的还是在开玩笑。

"但是，你不是还很年轻吗？"孔澄匪夷所思地问。

"孔小澄，你今年二十六岁吧？"

"嗯。"孔澄呆呆地点头。

"我在你这个年纪时，已经为组织服务十年了。"

"啊。"孔澄呆愣地张大着嘴巴。

"所以，我已经是老人了。聂明说我的时代已过去了，是吧？"巫马露出苦涩的笑容，以自嘲的口吻说。

"那是真的吗？你已经……"

"能把你带到这儿，我的能力还不至于太丢脸吧？不过，未来就是你们的世界。而且，我已经很疲倦了。"巫马第一次以认真的语气说。

孔澄痛恨晨雾太深，没法看清巫马的表情。

该不会又在作弄她吧？

"你还没告诉我为什么会进来。"

巫马沉默了半晌。

"严格来说，我犯了规。如果你不能自己一个人通过试炼的话，组织只有放弃你，另觅更合适的人选。不过……"

巫马没有说下去。

巫马是担心自己，而走进画中世界寻找她的吗？

孔澄想那样相信，但旋即甩甩头。

连自己的青梅竹马被死神纠缠着，也可以将事件当作找寻合适人选的诱饵，他毕竟是个超乎想象的冷酷的人吧？

孔澄一颗心不自觉地沉下去。

"我一个人的能力，似乎没法把天立带回来，你可以帮助我吗？"

孔澄不想再朝那个方向想下去，清清喉咙，把话题带回眼前必须解决的事情上。

巫马没有回答。

"我们眼前首先要做的事情，是回去吧。你不是想一直在这伸手不见五指的晨雾中跟我散步吧？"

巫马又恢复吊儿郎当的口吻。

"谁想和你散步嘛。"

孔澄气鼓鼓地伸出手，刚想在空气中画出门扉，巫马却一把抓起了她的手。

强而有力的手臂。

巫马叹气摇摇头，说："孔小澄，你还是一点进步也没有哦。"

巫马一脸悠然的表情，好像完全不用集中精神或意志，一迈开长腿，面前便有一道悬浮着的窗口自然地开启了。

孔澄只是像被拖着的小狗那样，跟跄着脚步，半跑半跳地被巫马牵着手跌回现实世界里。

呛人的臭味扑鼻而来。

孔澄急忙掩着嘴巴紧闭呼吸。

好臭。真的好臭。

孔澄挣扎着想从黏糊糊的东西中爬起来，但背后软趴趴地，完全无法使力站起来，又四脚朝天地滑倒了。

孔澄垂下头瞧瞧自己。

白色毛线衣上沾满了黏糊糊像菜渣似的东西，短发上还挂着像公仔面条的东西，实在令人作呕。

到底是怎么回事？

孔澄讶异地环视四周。

见鬼！

她和巫马，正躺在垃圾场的垃圾堆中央。

孔澄侧过脸望向躺在身旁的巫马，不禁噗哧一声笑出来。

巫马比自己更惨，头上挂着女性胸罩，一副变态色魔的模样。

孔澄止不住笑，但只要一笑，呛人的臭味又冲进鼻腔里。

巫马还没发现自己头上顶着胸罩，千年道行一朝丧的模样。孔澄笑得咳嗽起来。

"笑什么嘛。"

孔澄拂掉缠着头发的面条羞恼地嚷。

"有时候，艺术作品也会被看成是垃圾的吧。"

巫马顶着胸罩在摇头叹气。

孔澄忍住笑，循巫马的视线看过去。

天立的《晨雾》画作，凄惨地被丢弃在垃圾场里。

充满诗意的风景不复存在，油画颜料被刮损得不堪入目。

油画颜料上的裂痕，就像被毁容的美女在淌着泪般令人心酸。

孔澄心疼地抱起油画，用手指抚摸着已变得凹凸不平的油画表面。

孔澄的手突然僵住了，眼睛呆呆地瞅着油画。

在没有意识到以前，眼里已蒙上薄雾。

"为什么会这样？为什么？"孔澄喃喃地自言自语。

巫马察觉到孔澄骤然变得苍白的脸庞，循着她的视线望向油画。

一瞬间，巫马的眼神也暗淡下来。

刚才还是阳光普照的垃圾场骤然变得阴暗。

巫马和孔澄反射性地抬头望向天际。

像从全世界的烟囱中冒起的烟雾同时向他们的头顶上吹来，滚滚的灰黑烟雾弥漫四周。

一大片黑色阴影由远移近，像从天空落下黑色的巨网，笼罩着整个垃圾场上空。

"是聂明。"

巫马甩掉身上缠着的垃圾站起来。孔澄也慌慌张张地爬起来。

白日瞬间变成黑夜。

一团黑影张牙舞爪地在二人头上盘旋。

"聂明，不用那么麻烦故作姿势了。出来吧。"巫马仰起脸朝着黑影说。

黑影骤然消失了。

巫马和孔澄站立的地上，拖曳着两人长长的影子。

仿佛裱贴在地上的影子。

巫马的影子像是剪贴的硬纸牌般，突然呈九十度角从地上站立起来。

黑影一步一步地贴近巫马，伸出右手，举起形状尖锐的东西刺向他。

巫马以不可思议的表情瞪着自己的影子。

那阴森森的黑影，像镜中倒影那样，确是巫马自己的脸孔轮廓和身形。

影子此刻正以狰狞的姿势扑向巫马。

孔澄不明白巫马为何呆立着不移动半步。

孔澄情急地用全身的力量扑向巫马的影子，慌乱地抓紧他的手，试图将那形状尖锐的东西刺向黑影自己。

"不要，那是我。"巫马的声音在孔澄背后响起。

但已经太迟了。黑影狡猾地把手一放软，孔澄握着黑影手中的尖刀，大力刺进黑影的左肩。

巫马发出一声低吟。

179

压在孔澄身下的黑影骤然不见了。

孔澄回过头来，巫马左肩血流汩汩。

孔澄呆住了，说："巫马。"

"那是我们自己的影子。"巫马强忍痛楚，喘息着说，"杀死自己的影子的话，我们也无法活下去。"

孔澄慌乱地张开嘴，"怎么会？"

巫马的肩膀还在淌血。孔澄完全被吓呆了。

"对不起，对不起。"孔澄的眼泪夺眶而出。

那一瞬，孔澄身后拖曳着的黑影，呈九十度角从地上弹跳起来。

"哇。"孔澄发出歇斯底里的尖叫。

孔澄的影子，仿佛拥有自己的意志，像一头巨鹰张开双臂扑向孔澄。

"不可以伤害它。"巫马的声音响起。

同一瞬间，巫马的影子也再度站起来，扑向巫马。

孔澄和巫马被自己的影子压倒在地上。

两个影子伸出双手掐住巫马和孔澄的脖子。

孔澄感到喉头和气管被压迫着，完全无法呼吸，世界在天旋地转，拼命张开嘴想吸进空气，但眼前一片空白，脑里好像缺氧般开始无法思考。

世界好像停顿了。

自己好像跌进了慢镜的世界中。

一秒钟也好像一个小时般漫长。

一秒钟的痛楚也好像被折磨了一整年般漫长。

太难过了。失去意识的话还舒服一点。

要是失去意识的话，自己就会死去，是那样吗?

那一瞬，脑际忽然传来巫马的声音。

巫马的意志声波，清晰地在孔澄脑里回响。

巫马的声音重复地说:"闭上眼睛不要看。不要与它对抗，它并不存在。它是属于你自己的影子，不是什么恶魔，只是一个影子而已。孔小澄，闭上眼睛不要看。它并不存在。我们正躺在蓝天白云的细沙上，颈项上有轻微刺痛，因为你被蚊子咬了，就只是那种程度的痛楚。你有点晕眩，但那是晒太阳过度的轻微中暑。你正躺在晴空万里的沙滩上，放松身体，太阳很热暖，天上的浮云很白，蓝天蔚蓝得让你的眼睛刺痛。"

孔澄闭上眼睛，努力相信，努力想象那样的光景。但是，一双手还是不由自主地反抗着那明明压在她身上想掐死她的黑影。

"孔小澄，你听到没有? 不要反抗，它并不存在。影子是不可能杀死你的，那只是聂明制造的幻象。我们时辰未到，聂明没法夺走我们的性命，他要你用自己的意志杀死自己，那是他的圈套。孔小澄你这笨蛋，用你的心，用你的意志把那影子消抹掉，它并不存在，从来不曾存在。"

孔澄还是觉得像快要窒息了般无法呼吸，但混沌的脑海里慢慢燃起了怒火。

去他的! 我才不会被一个影子掐死。

181

那不是太荒谬了吗？

连初恋还没尝过，就被一个莫名其妙的黑影掐死。

自己才不会死得那么难看。

为什么非要被自己的影子掐死不可？

你那见鬼的黑影自己去死吧！

孔澄骤然张开眼睛，巫马的脸孔大特写地在她脸孔上方注视着她。

刺眼的阳光映入眼帘。

那掐住她脖子的黑影像从来没有存在过般消失无踪。

巫马呼一口气，说："还以为要失去你了，你这不中用的家伙。"巫马拍拍孔澄的脸蛋。

"痛哟。"孔澄茫然地坐起来，揉着脸颊呼痛。

"该喊痛的是我吧？"巫马站起来，用下巴点点正在渗着血的肩膀。

"噢。"孔澄惭愧地垂下眼帘。"我是想救你呀。"孔澄低嚷。

"谢了。"巫马没好气地说，"下次想救我的时候，麻烦先通报一声，让我预知有灾祸临头。"

"好心没好报。"孔澄气呼呼地站起来。

"为什么上天不可以安排一个像样点的接班人给我？"巫马翻翻白眼，嘀咕着摇头。

孔澄刚想辩驳，眼角却瞥见地上拖曳着一个不属于二人的黑影。

聂明的黑影。

黑影在两人之间呈九十度角站立起来。聂明从黑影中如闪电般破壳而出。

"聂明，你输了。"巫马闲闲地正视着聂明，不带一丝畏惧地说。

聂明没有表情的俊美脸孔瞪视着巫马。

"你的接班人还真不赖。输给巫马你没话说，输给这个小丫头，还真是丢脸。但我和望月的事情，你们根本无法左右。再卑微，我还算是一个'神'哪。巫马你插手管我的事情到底想怎么样？"

巫马冷静地看着聂明。

"你是完全被冲昏了头脑吧？死神根本就不可以爱上人，这是人神皆知的道理。我没有想怎么样，只要你放开姜望月，回去继续你的使命，这一切就完结了。"

聂明眨动着眼眸，说："如果我说'不'又怎样？"

"聂明，你到底是为了什么冒那样大的险？我知道你一直对你这自喻为'未来使者'的工作很骄傲吧？现在还来得及回头，如果你继续执迷下去的话，你在灵界里也会受到惩罚，无法继续做你所谓的'神'，也无法转世成人，你会永不超生的。我这是以朋友的身份忠告你。"

聂明静静地看着巫马的脸。

"巫马，你这个人真不坏。"聂明摇头苦笑说，"我刚才想杀死你呀。你却还跟我说教。说你苦口婆心也好，但也未免太婆妈了吧。"

"聂明，你误会了，我从来没打算跟你斗。无论谁胜谁负，也是完全没有意义的，更没办法解决这件事情。我只是想你自己放手，放过姜望月，回去属于你的世界而已。"

"如果我还是说'不'呢？"聂明的目光炯炯有神，"我不打算离开望月。我是真心爱她的，你们为什么不能明白？"

"聂明，你以为自己有多爱姜望月呢？你是死神，跟她注定没有结果。即使那样还要自私地纠缠迷惑她，你所说的爱，实在让我大开眼界。"巫马掀起嘴角嘲讽地说。

聂明一脸恼羞成怒，以锐利的视线射向巫马。

"我不用听你的教训。"

"聂明，我从来没觉得你是坏人。我只是没想过已经成为'神'的你，最后还是败在'情'字上。而最可笑的是，你打算背上永不超生的罪名去追寻的爱情，不过让你成为一场恋爱戏码的二流角色。"巫马以冷酷的语调，毫不留情地说。

聂明的脸红一阵白一阵。

"我比徐天立更有资格拥有望月。徐天立一直以来为望月做过什么？他只是自以为是地活在他成为大画家的梦想里，常常让望月孤零零一个人，让她偷偷哭泣，让她独自伤心，这就是他们五年'荡气回肠'的爱情故事。如果望月一年前被车辗死了，这可怜的女孩一生中连一句爱的表白也未听过。反过来说，你睁大双眼看吧，我给望月丰足无忧的生活，我随时都伴在她身旁守护着她，她有什么愿望我都会成全她，看见她愁眉不展我就会逗她笑，不让她有任何一刻感到孤单寂寞，我对望月付出的才是爱。"

"够了。"巫马厌烦地挥挥手，"爱情不是小丑戏。要别人二十四小时地呵护，要别人嘴里不断说爱，不能忍受独自一个人好好过活，恋人一个冷淡的眼神就伤春悲秋的人，去揽头小狗自我陶醉就好了。聂明，难怪你讨厌当人类，你奉若神明的爱情实在太可笑了。"

"你是说我比不上徐天立，我比不上只会令望月伤心哭泣的徐天立？"聂明握紧拳头怒吼，脸孔因抽搐而扭曲。

"是的。聂明，你输了。"

巫马叹口气，以伤感的眼神凝视着聂明完美的脸。

"再完美的外表，都不能让没有心的你给望月完美的爱。只在嘴里说的并不算爱。"

185

巫马深深地看了聂明一眼，走回垃圾场的废墟中，捡拾起被摧残得体无完肤的《晨雾》油画。

"聂明，你真正想要一决胜负的，不是跟我，而是跟徐天立吧？"

巫马举起《晨雾》油画向着聂明。

"聂明，从一开始，你便输了。"

巫马以寂然的眼神望向油画。

聂明望向《晨雾》的画中风景，脸上的表情缓缓地冻结。

Chapter 9 透明的画

"孔小澄，你要弄清楚，我们的工作不是恋爱顾问。这次事件里，我们的任务并不是让望月和天立破镜重圆，只是不能让死神扰乱人类的世界而已。天立死去已是不可挽回的事实，我们只要令聂明离开人间，回去属于他自己的地方，事情就圆满结束了。其他的事情你不要多管。"

孔澄噘着嘴巴，在巫马身旁走着。

巫马嘴里虽然说着冷酷无情的话，但他还不是陪着孔澄来到了酒店？

"我没有答应替你的什么组织工作，我只是在做自己要做的事情而已。"

孔澄步进酒店大堂。巫马摇摇头，跟随孔澄走进电梯。

孔澄按下六楼的按键。

电梯门打开，风景画《艾特达的大岩门》就悬挂在眼前。

"为什么要那样多管闲事呢？"

巫马口不对心地四处张望着玄关的动静。

"要拿就现在拿下来吧。"巫马不耐烦地说。

"又没有人叫你跟着我。"

孔澄细声嘀咕着踮起脚尖取下墙上的画。

"拿到了，我们走吧。"

孔澄兴奋地抱着油画，再次按开电梯大门。

"你不是打算就这样大摇大摆地偷了人家的画走出去吧？"

巫马双手插在牛仔裤袋里，靠在电梯墙壁上翻翻白眼。

孔澄瞄瞄自己捧在手上沉甸甸的油画。

"不然要怎么办？"

"现在可是深夜哦，你那样走进酒店，偷了人家的画，又堂而皇之地走出去。这个时间离开酒店已经够注目了，一旦被别人拦下来查看，被抓个正着可是要坐牢的。"巫马懒懒地说。

"那你说要怎么办呀？画已经偷了嘛。"

孔澄情急地瞪着巫马悠然的脸。

电梯到达大堂。

巫马摇摇头从孔澄手里拿过油画，出乎孔澄意料之外，笔直地朝大堂的接待处走去。

"小姐。"巫马堆起沙皮狗般的笑容望向漂亮的接待小姐。

不知怎么搞的，接待小姐竟然像很受落①似的以灿烂的微笑迎接巫马。

"我朋友住在六〇一号房，我是来跟他拿这幅画的，不过我好像把钱包忘在他房间里了。我不想抱着这沉重的东西到处走，麻烦放在你这一会儿好吗？只要几分钟就好。我回头便会取回。"

巫马明目张胆地把偷来的油画交给接待小姐。

接待小姐瞄了油画一眼，微笑着接下来。

"没关系，会替你好好保管的。"

接待小姐在电脑屏幕上按了数个键。

189

① 粤地方言。泛指对他人所做的事情乐意接受，某件事情的发展符合自己的要求。

"你探望六〇一号房的苗先生是吧？"

"嗯。"

接待小姐把油画小心翼翼地放在接待处后方，像丝毫没有察觉那是自己酒店房间楼层的装饰画。

巫马转过身来，朝孔澄使个眼色。

孔澄垂下头跟随巫马走回电梯内。

电梯门关上，孔澄呼一口气。

"我们笔直地离开就好了嘛。为什么要那么麻烦？"孔澄一脸不解。

"这是心理战术喔。愈危险的地方愈安全，大大方方地在他们面前晃过那幅画，反而可大摇大摆地走出去。"

"但是，你怎知道六〇一号房有客人？"

电梯门打开，巫马走出电梯，指指第一间房门旁边亮着"请勿骚扰"的红色灯。

"孔小澄，你要好好训练自己的观察力才是。"

"噢。"

"那你怎么肯定那女孩不会认出这是自己酒店的画？"孔澄还是不服气。

"我不肯定哦。"巫马摊摊手。

"欸？"孔澄张大眼睛。

"我只是打赌，酒店员工没有谁会记得每一层楼房的每一张装饰画吧。"

巫马不在乎地耸耸肩。

"那是说，现在我们还是有可能被抓住啊。"

孔澄的心又开始乱跳。

巫马点头，说："是你一意孤行要偷这张画的吧。你还要祈祷刚才你拿画时，酒店保安室的人没有注意看六楼的监控电视。"

巫马又危言耸听地恫吓孔澄。孔澄脸色渐渐变白。

两人乘搭电梯再次回到大堂楼层。

"我最享受这种紧张感了。"

巫马笑着气定神闲地踏出电梯向接待处走去。孔澄心虚地跟在后面。

接待小姐抬起头来，给巫马一个温煦的微笑。

接待小姐的表情，像觉得巫马的脸很有魅力似的，孔澄不服气地瞄瞄巫马的侧脸。

五官明明都很平凡，但凑合起来，的确是长得不太差啦。孔澄在心里嘀咕。

"谢谢你。"巫马小心翼翼地接过油画，"这是很重要的画。麻烦你了。"

巫马还在接待小姐面前晃着画，看得孔澄心惊胆战。

巫马挽起孔澄的手臂，在她耳畔低声说：

"孔小澄，现在才堂而皇之地走出去吧。"

巫马轻松地捧着偷来的画，挽着孔澄大摇大摆地离开酒店。

一星期后

傍晚时分，巫马推开望月画廊的门。

望月半跑着出来迎接他。

"巫马，怎么办？要怎么办才好？"

望月神不守舍地抓着巫马的手臂。

巫马用双手扶着望月的肩膀。

"没事的。"

"怎会没事？聂明已经失踪一个星期了。以前从未出现过这样的情况，每天下班他都会来接我。由一个星期前开始，他就没有再出现。他的手机没人接听，我到他的公司去，他们说根本没这个人。我去他家里找他，但是，在那条路上，怎么找也找不到他住的平房，我明明去过很多次的啊。我去问附近的邻居，他们竟然说从来没有那个门牌号码。孔澄那时候说的话是真的。"

望月混乱地抱着头蹲在地上。

"为什么会这样？到底为什么？"望月喃喃地念着，"说不定他和天立一样，发生了什么意外。"

巫马蹲下来用手轻轻抬起望月的脸。

"望月，冷静下来，你听我说，我现在要带你去一个地方。到了那儿，你就会明白一切了。"

巫马以坚定的眼神看着望月。

"我要怎么办才好，怎么办才好？"

望月好像完全没有听进巫马的话，只是神思恍惚地喃喃
自语着。

"望月，来，走吧。"

巫马用手臂搀扶起望月。

"一切都好好的，不用担心。"巫马以安抚小孩的语气说。

望月抬起茫然的眼眸望向巫马，像失了心魂的木偶般随
巫马走出画廊。

巫马扶着望月的肩，在古董店前停下脚步。

望月如梦初醒般抬起脸来。

"这不是你的店吗？"

望月轻轻蹙着眉，不解地望向巫马。

从古董店外看进去，好像有一点奇怪的地方。

望月微微偏过头凝视着落地玻璃陈列橱窗。

对了，陈列橱窗为什么黑漆漆的，整扇窗都被黑色布幔遮
盖着？这和聂明的失踪又有什么关系？望月困惑地望向巫马。

"巫马？"

巫马默默推开古董店的门。

没有透出一丝光，里面好像也是黑漆漆的。

"到底是怎么回事？"

望月脸上的表情愈来愈迷惘。

"进来吧。"

巫马轻轻挽起望月的手走进黑漆漆的店里。

店内伸手不见五指的漆黑。

望月内心涌起了强烈的不安。

"巫马，这到底是怎么回事？"

巫马没有回答，在漆黑中只听见啪的一声，像是按开灯掣的声音。

柔柔的昏黄射灯点亮了室内。

望月本能地迎着光眯了眯眼睛。

眼睛适应了光线后，室内渐渐展现出清晰的轮廓。

望月眨着眼睛，环视店内，脸上透出更迷惘的表情。

她微微张开嘴，旋转着身体，以迷失的眼神环视着店内不可思议的景象。

这到底是怎么回事？望月在心里念着，觉得自己一定是踏进了奇怪的梦境中。

在昏黄的射灯下，古董店里存在着数十个姜望月。

数十个姜望月，挂着温柔的微笑，眼波流转地瞅着她。

有穿着宽松 T 恤，挂着阳光笑脸，露出洁白牙齿，眼睛笑得眯成一团的望月。

有抱着蓝色棉被慵懒地躺在床上，露出妩媚笑容，双眸凝着秋水的望月。

有站立在星空下，穿着黑色长裙，赤脚站立于沙滩上，柔情似水地瞅着她的望月。

有披着纯白复古蕾丝婚纱，头纱轻轻被风吹起，挂着恬静微笑，眼眸闪如星辰的望月……

一幅一幅栩栩如生的油画肖像，在暗黑的房间里，在柔柔的光影下，散发着神圣的光辉。

望月的嘴微微张开又合上，无法发出声音来。

好半晌后，望月抖颤着声音问："这是，这是……"

"是天立的油画。天立所有的油画。我们好不容易才全部收集回来了。"

孔澄的声音在望月背后响起。

"嗯？"望月转过身去，仍然以梦游般的眼神茫然地看着孔澄。

"天立的画？"望月像无法明白这句话的意思般喃喃念着。

"天立每一幅赝画底下，都画上了你的肖像。"

孔澄静静地开腔。

"我们无意中发现了天立其中一幅赝画下绘画着你的肖像画，所以试着把天立全部画作收集回来，请美术研究所帮忙，结果发现每幅赝画下，都藏着另一幅油画。油画修复师花了很多心血，把这批油画全部修复还原了。"

"天立的画？"望月像仍然无法理解眼前的景象。

"实在很像天立这个人的作风，把什么都藏在心底里。天立一定觉得如果被你知道他日日夜夜都只想绘画你，实在很奇怪吧。他是那种无法把心里的感受表露于人前的男人，但是，他一定很享受偷偷地绘画这些画的每一分每一秒吧？即使你不在身旁，你的一颦一笑，仍活在他心里。嘴里说的不算爱，真正的爱情，是不求回报而默默地付出。"

望月缓缓地蹲跪在地上。

数十个温柔地微笑着的望月，也好像温柔地垂下头凝视她。

泪水如断线般滑落望月的脸。

"我一直是那么任性。"望月低低地啜泣，"和天立在一起，我一直只会自怨自艾。"

望月抬起脸，望着一张张散发着温柔光辉的脸庞，嘴角泛起一抹微笑。

"近在咫尺的心情，我却一直感受不到，视而不见。"

望月蹲在地上，就那样一边笑一边流着泪。

一双手停留在望月肩头上。

望月回过脸去，聂明以闪闪的眼眸凝望着她。

"我还是输给了徐天立。你真正想要的，是徐天立心里的画吧？"

望月惊喜地拥着聂明。

"聂明，你没事就好了。"

望月把身体从聂明怀里拉开，有点羞愧地垂下头。

"聂明，原谅我。我是个自私又任性的女人。"

聂明摇头。

"我并不是你想象中那完美的男人。"聂明沙哑着声音说，"不过，我也曾经以我的方式，没有保留地爱过你。"

曾经？

"聂明？"望月困惑地看着聂明好像变得十分陌生的冷峻脸孔。

"是时候了吧？"

聂明回头望向巫马和孔澄。

巫马踏前一步，说："望月，接下来发生的事情，会让你很迷惑。不过，你就把这当作奇异的梦境好了。"

"梦境？"望月茫然地问。

巫马指指唯一一张没有被修复，挂在古董店正中央的睡莲油画。

"天立在那里等着你。"巫马静静地看着望月的眼睛，缓慢地说。

"天立？"

巫马牵起望月的手，说："来吧。"

巫马朝孔澄和聂明点点头。

"望月，闭上眼睛。"

巫马把手掌放在望月眼前，像魔术师般轻轻扫了一下。

望月觉得身体好像忽然变轻了。

清新的草香袭人而来。

"望月，张开眼睛看看？"

望月缓缓地张开眼，惊讶地倒吸一口气。

睡莲油画的一景一物，栩栩如生地包围着她。

就像是一脚踏进了画中世界。

"天立在那儿等着你。"

望月还来不及思考，巫马轻轻碰碰她的背，指向睡莲池塘的绿色拱桥。

天立也挂着一脸如在梦中的迷惑神情，看着突然跑进画里来的四个人。

这一定是梦吧？望月像深怕美梦随时会突然醒转般奔向拱桥。

天立也跑向前。

两人在相距对方数步之遥同时停下脚步，像害怕一旦碰触，不可思议的梦境便会像泡沫般破灭。

天立首先踏向前。

他还是什么也无法说，只是用尽全身的力量抱着望月。

望月被他拥抱得没法呼吸。

但是，忽然觉得一年前已停止跳动的心又活络起来。

望月触摸着天立背后微微隆起的肩胛骨，感受着他独特的肌肤气味，把脸埋在天立胸膛里，无法抑止地号啕大哭起来。

天立张开嘴，像想开口说什么，但他还是什么也无法说出口，只是把脸深深埋在望月柔软的发丝里，在她耳畔轻轻吹进一口气。

像过了一世纪那么长，两人都肯定对方真实存在于自己臂弯里时，才敢拉开身体，相互凝望。

"我比你画里画的都要漂亮哦。"

最后，还是望月先开口。

天立有点羞赧地搔搔头。

"那是我的秘密，没想过被任何人看的。不过，我在心里暗暗希望那些赝画能流传很多很多个世代。在很久很久以后，会有人发现藏在那些赝画下的神秘女孩肖像，让这个美丽的神秘女孩，成为不朽的传说。我想在很多个世代以后，也让你一直活下去，活在许多人心中。"

天立说完后，像很不好意思地抬起脸，重新抱着望月，把脸埋在望月的发丝间，不想让望月看透他激动的心情。

"天立还是一点也没有变。"

望月温柔地微笑，任由他拥抱着。

孔澄在一旁看着，止不住眼眶滚落的泪水。

她知道，并没有童话的结局等待着眼前的恋人。

"巫马，如你所愿，我认输了。即使现在的你，还是不费吹灰之力就击败了我，现在退休还嫌太早吧。"聂明走到巫马身旁说。

巫马没有正面回答。

"我没有击败你。我说过，你是个好人。和寻找小澄一样，我的任务，也只是让你'苏醒'过来罢了。"

聂明拍拍巫马的肩头。

"聂明，你听好，下次再见你的时候，想必我的时限已经到了吧？所以，我可不想太快再看见你的脸。"巫马半开玩笑半认真地说。

"巫马，寻找孔小澄或许是组织的任务，但望月的事件根本不是组织指派的任务吧？是你自己的主意。很多年前我们相遇时，你说过有一个心爱的女人，但是因为自己过着奇怪的人生而没有勇气向她表白，一回头，就永远失去她了。你当年说的就是望月吧？"

孔澄默默地在旁听着聂明的话。

巫马还是没有回答。

"你一定要带望月走吗？"巫马以平稳的语调问。

"她在一年前就必须走了，是我自私地留住了她。"聂明说，"虽然我不能透露'未来'的秘密，但是，我只可以说，'未来'不是你们所想的不幸地方。我在想，望月到底是幸还是不幸呢？我们都爱着她，但结果，谁也无法拥有她。"

巫马的眼光停留在望月凝视着天立，散发着光辉的脸孔上。

"那天立怎么办？"

聂明垂下脸沉吟着："当日是他自己不愿回去'现在'的。现在已经不能挽回了，他只有留在画中世界，直至他的时限来临。"

聂明又恢复符合"未来使者"冷酷的脸。

"让他们作最后的重逢，已经是我所能做的极限了。"

"我想，还有其他办法的吧？"巫马闪动着眼眸，转过脸望向聂明。

"望月，我和聂明刚才说的一切，你都听明白了吧？"

天立、望月、巫马、孔澄和聂明围坐在睡莲池畔的草地上，巫马探视着望月如梦初醒的神情说。

"就是说，一年前应该被辗在车轮下的是我吧？"

望月的反应出乎意料地沉稳。

"而我已经在世上多活了一年，已经非走不可了？"

聂明垂下脸注视着池塘的睡莲，像不忍看向望月。

"'未来'是个乌托邦。我只能说这么多。但是，目前，只有望月你一个人能去。"

聂明仍然垂着眼帘。

"天立的时限在二十六年后，只要忍耐一下的话，你们两人就能在那时候，在乌托邦里永恒地相守。虽然那里没有爱和恨，但你们绝不会后悔的。在那里，你们会体会到另一种形式，最终的幸福。我只可以说，二十六年的等待会是值得的。"

"但是，我也可以选择和天立一起永远留在这画里吧？只要我们愿意放弃'未来'的幸福。"

望月一脸坚定地望着聂明。聂明脸有难色地露出苦涩的神情。

"望月，你要明白，把天立放进画里，因为他不是我名册上的人，我还可以勉强蒙混过去。你是我必须交出的灵魂，如果你也一起留在画里，两个灵魂同时在宇宙间失踪的话，我要冒的险实在太大了。我唯一能做的，就只有消灭掉你们两人曾存在的记录。换句话说，对你们来说，那其实是一种永不超生。"

"但是，我们可以在画里，永恒地在一起。"

望月的眼眸闪闪发亮。聂明不以为然地摇头。

"你听我说，那比起'未来'里最终的幸福……"

望月和天立互相凝视对方的眼眸，心灵相通地微笑，牵着手站起来。

望月把头靠在天立肩膀上，说："我们在这里会找到属于我们的幸福的。"

"我还有很多地方想带望月去看。对不起，不送你们啦。"

天立潇洒地跟巫马和孔澄挥挥手。

望月以复杂的心情看看巫马和聂明。

"巫马、聂明，曾经跟你们相遇，实在太好了。"

望月闪着泪光。

"巫马，你永远是我最爱的哥哥。聂明，谢谢你一直那么温柔地对待我。"

望月把眼光转向孔澄。

"虽然只是刚刚认识，但是，拜托你好好照顾巫马了。这个人，别看他一副酷相，其实像小孩子一样。"

巫马什么也没说，只是专注地看着望月的眼眸，像想把她这一瞬的微笑，永远刻进心里去。

"望月，再见了。"

巫马静静地看着望月的脸庞。

望月牵着天立的手，朝巫马嫣然一笑。

巫马脑海里，蓦然回想起第一次在望月家里看见四岁的她，束着双辫，啜着棒棒糖，抬起清灵的眼眸望向他的模样。

巫马转过身去。

"聂明，记得哦。可以的话，我不想太快再看见你的脸。"

巫马没有望向聂明，只是举起手在额头做了个敬礼的姿势。

"孔小澄，我先走了。你自己认得路回去吧？"

在孔澄还来不及反应以前，巫马已经迈出脚步，转眼间在空气中消失了。

孔澄的双腿还是无法动弹，她只是怔怔地看着天立和望月牵着手，向草原远方的粉红色小屋走去，渐行渐远的身影。

"一定要幸福哦。"

孔澄用手背拭着脸上的泪，垂下手时，天立和望月已经在视野中消失了。

一只碧绿色的小鸟从高空中朝孔澄飞来，短暂地停留在她肩膀上。

小鸟发出"吱呀吱呀"的声音，以天真的眼睛瞪着她，像在唱着悦耳的歌声。

孔澄破涕为笑。

"谢谢你，天立。"

孔澄在心里念着，依依不舍地闭上眼睛。

Chapter 10 未完的邂逅

这天晚上，孔澄整晚都心绪不宁，睁着眼睛瞪着天花板无法入睡。

一切不是已经过去了吗？

孔澄不明白压抑在胸口的不安到底是为了什么。她聚精会神地闭上眼睛，集中意志搜寻着。

耳畔响起叮铃叮铃的风铃声。

静夜的柏油路面上，鞋底踏着水洼发出混浊的声音。

某人的衣角被风吹起，窸窸窣窣的衣料摩擦声。

汽车引擎发动的声音。

孔澄突然明白了。

她蓦然张开眼睛，连跑带跳地从床上跃起来，就那样穿着棉睡衣和布拖鞋，从家里夺门而出，朝古董店奔跑而去。

"巫马。"孔澄气喘吁吁地停在街角上，用双手圈着嘴，朝正关上车门的巫马呼喊。

黄色小型货车上堆满一个个的纸箱。

孔澄望向古董店，那些精品已全被收拾一空，淡茶色玻璃门前挂着白底红字的"出租"招牌，寂寥地在风中左右摇摆。

巫马把脸从驾驶座探出来，回头望向弯下身按着膝盖的孔澄。

"你怎么在深夜偷偷摸摸地逃走？"

孔澄喘着气跑至车厢的驾驶座旁。

"噢。"巫马又朝孔澄露出那沙皮狗般，五官堆在一起的笑容，"孔小澄，你愈来愈进步了。"

"你要去哪儿？"孔澄着急地问。

"往后组织如果遇上什么疑难杂症要你帮忙的话，自然会有人跟你联络。"

巫马顾左右而言他。

"我已经说过，我才没兴趣替你那什么神神秘秘的组织工作。"孔澄叉起腰气呼呼地说。

"孔小澄，我比你自己更了解你。你会答应的，而且还会乐在其中的。"

巫马拍拍孔澄的额头。

"你到底要去哪儿呀？"

巫马没有回答，孔澄着急地瞪着巫马左脚踩下离合器，推动排挡放下手刹的动作。

"你不要在深夜偷偷摸摸地逃跑呀。"

孔澄像傻瓜般用手抓着车门，以为那样就可阻止机器发动似的。

巫马停下手上的动作，伸出右手来，用手指弹弹孔澄的额头。

"痛呀。"孔澄反射性地松开手，用手抚着额头。

巫马微微一笑，右脚踏下油门，小型货车向前滑行。

孔澄回过神来，赶忙向前跑，追赶着小型货车。

讨厌。不要呀。孔澄在心里呼喊着。

巫马仿佛听到她心里的声音般从车窗探出头，朝追赶在车后的孔澄嚷：

"孔小澄，对不起，我实在讨厌说再见。"

巫马把头缩回车厢内，右脚用力踏下油门，小型货车呼啸着向前奔去。

红色的后车灯，一秒一秒隐没在浓稠的黑暗中。

孔澄泄气地停下脚步，呆呆凝视着那一点一滴消失在黑夜中的光芒。

孔澄像被打败了的小鸡那样，垂头丧气地回转身，拖着脚步朝家里走去。

接近古董店时，耳畔忽然响起熟悉的音韵。

孔澄停住脚步。

是音乐盒清灵的音乐声。

刚才一定是被汽车的引擎声盖过了。

孔澄搜寻着声音的来源。

水晶珠镶嵌的漂亮音乐盒，静静地躺在古董店门前的地上，在微暗中散发出抚慰人心的温暖光芒。

音乐盒开着，流转出清灵透明的乐声。

孔澄跪下来，珍而重之地把音乐盒捧在手心里，嘴角泛起一抹微笑。

（完）